CALLAS L'EXTRÊME

Paru dans Le Livre de Poche :

ADIEU L'AMOUR
L'AMI CHIEN
LES AMIS SONT DE PASSAGE
L'AMOUR N'A PAS DE SAISON
LES AMOUREUX
CET HOMME EST MARIÉ
LA CHAIR DE LA ROBE
LES CHIFFONS DU RÊVE
CONVERSATIONS IMPUDIQUES
DANS LA TEMPÊTE
DÉFENSE D'AIMER
DEUX FEMMES EN VUE
L'EMBELLISSEUR
ENVOYEZ LA PETITE MUSIQUE
LA FEMME ABANDONNÉE
LA FEMME SANS
LE FOULARD BLEU
L'INDIVISION
L'INONDATION
L'INVENTAIRE
J'AI TOUJOURS RAISON !
JEU DE FEMME
LA MAISON DE JADE
LA MAÎTRESSE DE MON MARI
MÈRE ET FILLES
MEURTRE EN THALASSO
LA MIEUX AIMÉE
NOS JOURS HEUREUX
ON ATTEND LES ENFANTS
LE RETOUR DU BONHEUR
REVIENS SIMONE
SI AIMÉE, SI SEULE
SUZANNE ET LA PROVINCE
TROUS DE MÉMOIRE
UN BOUQUET DE VIOLETTES
UN ÉTÉ SANS TOI
UNE FEMME HEUREUSE
UNE SAISON DE FEUILLES
UNE SOUDAINE SOLITUDE

MADELEINE CHAPSAL

Callas l'extrême

MICHEL LAFON

Pour ce qui est de moi, je suis loin d'être une musicologue avertie mais je crois pouvoir dire que je m'y connais un peu en vie de femmes. Il y a déjà la mienne – que j'ai longtemps revisitée en analyse – et celle de tant d'autres dans mon entourage, dont souvent des femmes supérieures, que je connais de près et dont j'aime le courage.

Or j'ai retrouvé dans la vie de Maria Callas bien des aspects de ce qui a fait – et parfois détruit – tant de femmes au XXe siècle.

N'y a-t-il pas une étonnante ressemblance de destin entre celui de Maria Callas et celui de Marilyn Monroe ? Toutes deux ont été propulsées au sommet par des hommes – chefs d'orchestre, réalisateurs, maris, amants –, encensées par leur public, pour se retrouver également exploitées, trahies par ces mêmes hommes…

Il y a eu aussi Dalida, cette autre étincelante victime du destin, et Rita Hayworth. Comme elles, Maria Callas a été portée aux nues par un public fou de son talent, de sa beauté, et qui s'acharne à faire de ses idoles des sortes d'extraterrestres pour qui la vie normale, ensuite, n'est plus possible. Suicide, maladie, folie les guettent et les engloutissent.

Pourtant, Maria Callas a longtemps paru souveraine. Inégalable, inégalée, elle semblait imposer sa volonté aux plus puissants directeurs de théâtre, ceux du Métropolitan Opera de New York, de la Scala de Milan, du Covent Garden de Londres, de l'Opéra Garnier à Paris…

Or voilà qu'à trente-cinq ans, au faîte de sa gloire et de son pouvoir, elle « craque », comme n'importe quelle midinette, n'importe quelle héroïne de ces opéras qu'elle a tant de fois incarnées, pour un homme qui ne la valait pas. Mais qui lui paraît, ce séducteur, plus important que son art, que sa voix, parce qu'il lui apporte ce qu'elle n'avait pas encore connu : être aimée comme une femme « normale ». (« J'aime tes grosses cuisses », lui disait-il parfois.)

Destin ordinaire pour une femme extraordinaire ?

En réalité, c'est le mythe du grand amour, plus fort que tout, cette légende des siècles qu'elle n'avait pas cessé de chanter et qu'elle a cru enfin rencontrer, qui a eu raison de Maria Callas.

Et si j'ai accepté d'écrire sa vie écourtée, en quelque sorte pour la revivre à ma manière, c'est à cause des ressemblances souterraines et émouvantes entre la vie d'une star géniale et celle de la plupart des femmes anonymes, moi y compris – qui se révèlent tout aussi désarmées qu'elle devant le surgissement de l'amour fou que nous propose soudain un homme.

Toutefois, il y a heureusement eu, dans la vie de Maria Callas, des instants miraculeux. Son corps et son âme ont eu la chance de pouvoir s'exprimer dans leur plénitude lorsqu'elle a si magnifiquement chanté le drame d'être humaine – et le bonheur, la joie infinie d'être vivante.

François Mauriac, parlant d'Arthur Rimbaud, disait : « On ne recommence pas le trajet d'une étoile… »

On peut néanmoins le suivre des yeux, et c'est ce que je tente de faire dans Callas l'extrême *: vous inviter à partager le bonheur d'évoquer encore et encore la* diva assoluta, *à travers la petite musique qui est la mienne, celle des mots…*

I

Ce qui me fend le plus le cœur quand je me remémore le destin de Maria Callas, c'est cette pathétique errance, en l'été 1968, de la femme qui vient d'être trahie par l'homme devenu sa raison de vivre, se propulsant de palaces en motels, dans la chaleur sans pitié des États-Unis…

Elle était seule alors, la « Divine » – malgré la compagnie d'un ami secourable –, seule avec des souvenirs d'autant plus torturants qu'ils avaient été plus merveilleux. Toutes les femmes le savent, moi la première : comment continuer quand ce qui compose votre oxygène vous manque ? Et quand on ne respire plus, comment persister à chanter – ou à écrire ?

Toutes, ou presque, nous avons souffert du chagrin d'amour : le tant chéri, l'unique, nous a trahies, ou abandonnées, ou est mort… Mieux vaudrait perdre la mémoire des jours heureux.

Y a-t-il plus douloureux, en effet, qu'un souvenir de joie dans un temps de tristesse ?

Mais pourquoi m'intéresser au destin de cette femme-là plus qu'au mien, par exemple, ou à celui d'une autre ? Parce qu'elle était extraordinaire, insurpassable et insurpassée dans son art, et qu'en même temps elle s'est révélée être comme toutes les femmes : midinette, fleur bleue, ne vivant que par l'homme aimé…

Ceux qui ont vu à la télévision Édith Piaf caressant d'un œil énamouré le visage de Théo Sarapo – avec qui elle chantait un duo – ont pu s'émouvoir de l'étonnant spectacle d'un être génial aux genoux d'un autre qui ne l'est pas ! Somerset Maugham a décrit dans *Servitude humaine* l'étrangeté de l'amour, souvent autodestructeur, d'un être supérieur pour quelqu'un qui lui est inférieur – moralement ou autrement…

Voilà ce qui me fascine et me donne envie d'interroger la vie de Maria Callas, de la femme, pour mieux cerner, mieux comprendre un phénomène d'autant plus remarquable qu'il a lieu chez un être de dimension exceptionnelle. La grandeur même du personnage faisant l'effet d'une loupe.

J'ai commencé ma quête dans un petit bar le long de la Seine, après quelques lampées d'un vin couleur rubis servi dans des verres à bistro…

Au seul nom de Maria Callas, mon vis-à-vis

s'emballe. Lui, c'est notre étoile de la danse, bien vivante et bien piaffante, Patrick Dupond, l'artiste sans frontières, ni extérieures ni intérieures. Ce danseur sublime s'y connaît d'expérience, question gloire, génie et souffrance réunis.

« La Callas ! s'exclame-t-il... Elle chantait trois notes, que dis-je deux, aussitôt on avait les larmes aux yeux et on pleurait, moi en tout cas, tout le temps que durait son chant, son opéra... Pareil dans le monde entier, là aussi on reconnaissait sa voix sur trois notes... Elle n'était pas comme les autres, cette soprano-là, elle était... Elle ! »

Ses yeux si bleus brillent intensément, d'admiration, d'amour, de nostalgie, et je me dis : « Pourquoi ? »

C'est l'éternelle question face à un être humain plus doué, plus beau, plus démesuré que les autres – pourquoi, sur le fond uniforme de l'humanité, surgit-il quelqu'un qui est « trop » ? Qui a trop reçu, et qui va trop donner, jusqu'à l'épuisement... Comme Van Gogh, Elvis Presley, tant d'autres... Mais c'est la Callas qui m'intéresse aujourd'hui.

« Elle est morte, conclut le danseur, parce qu'elle avait perdu sa voix... »

Est-ce aussi simple ? Il me semble que la disparition de ce qui faisait d'elle une diva – sa voix – n'est pas qu'un accident organique mais tient à de multiples causes qui au bout du compte peuvent se résumer à une seule, inexorable : la Callas, la « Voix » n'avait plus envie de chanter !

Plus envie de se donner à cordes perdues…

La dernière année de sa vie, Callas a pourtant tenté de reprendre un entraînement, elle répétait au théâtre des Champs-Élysées, préparait un spectacle… Et puis, non, cela n'a pas marché, ne marchait plus. En elle.

Que lui avait fait la vie – comme à Dalida, autre étoile vidée –, que vous fait-elle pour qu'on la trouve soudain par trop ingrate… injuste… trompeuse ?

Cette vie qui a souvent commencé par tout offrir sur un plateau d'argent – déjà la jeunesse et pour certains la beauté, ou la richesse, ou le talent, ou la gloire, ou les biens ou le prestige, ou l'amour, ou le tout à la fois, ça s'est vu ! Pour vous le retirer… Soudainement, ou peu à peu.

Voilà que la fête est finie, les portes se ferment, les lumières disparaissent, tout est non ! Incrédule au début, on se sent dépossédé de ce que l'on croyait vous appartenir à jamais, en fait vous être dû !

Et la pauvre étoile – s'il s'agit d'un artiste –, privée de combustible pour son feu intérieur, ne peut que s'affaiblir, s'éteindre… Même si le déclin n'est pas encore évident, les signes avant-coureurs sont là – avant de renoncer, la diva a encore fait quelques tournées avec un ténor, Giuseppe Di Stefano, certains soirs applaudie comme autrefois, d'autres sifflée, presque huée.

Pour Callas il y eut les jours miraculeux de la gloire mondiale, nourris d'applaudissements sans fin, de rappels à l'infini, de monceaux de fleurs, de litanies dignes d'une divinité...

Plus grisantes encore, donc plus pesantes à la mémoire, les heures d'une complicité amoureuse – un bonheur qui s'adressait cette fois à la femme et non plus seulement à l'étoile.

Car la Callas, qui avait longtemps cru qu'elle ne pouvait être aimée que si elle chantait, rêvait d'être aimée pour ses seuls attributs de femme, sa beauté, son potentiel sexuel, son dévouement à l'autre, au bien-aimé...

Or, avant cet homme-là, la femme en elle n'avait jamais eu le sentiment d'être reconnue, pas plus par sa mère que par d'autres, ni même aperçue.

C'est lui, le Grec, qui allait la rendre rayonnante comme elle ne l'avait jamais encore été, pas même sur scène, jusqu'à ce que, de façon incompréhensible – car à sa manière de macho Onassis l'aimait aussi –, il la trahisse, l'abandonne, la renie.

Tutoyer la gloire ne suffit à personne, il faut l'amour au quotidien, le doux ronron de la tendresse, de l'attention sans faille pour l'être vulnérable, l'enfant éternel qui persiste en chacun de nous – encore plus présent chez les grands artistes.

Le monde entier lui répétait à foison qu'elle était unique – dans son meilleur comme dans son pire, ses crises de colère, d'intolérance –, qu'elle était incomparable, et l'homme qu'elle aimait par-dessus tout, son dernier, son plus cher, celui qui l'avait révélée en tant que femme, le lui disait aussi : « Il n'y a que toi ! »

À tel point qu'elle avait cessé de se défendre, et, se croyant arrivée au port, s'apprêtait à se désarmer : n'avait-elle pas imaginé de ne plus chanter ? Désiré, et même conçu un enfant de lui ?

Et voilà que d'un jour sur l'autre son vainqueur, qui s'était fait son protecteur, lui laisse entendre, lui prouve même, par un mariage qu'on peut taxer d'obscène, que non seulement elle peut être comparée mais surpassée ! Qu'il peut y en avoir une autre, moins talentueuse, certes, moins excessive, moins généreuse, mais troublante d'être l'étrangère – américaine jusqu'au bout des ongles jusque dans son appétit pour l'argent –, donc plus désirable…

Et quand un tel malheur vous arrive à un âge où survient le sentiment furtif qu'on commence à perdre de ses moyens, de sa vigueur, il y a de quoi mourir, non ?

D'horreur et d'amour, comme cela se produit dans toutes les œuvres lyriques où à la fin le personnage féminin est sacrifié après un immense débordement musical.

C'est d'ailleurs avec les mots de l'opéra que les femmes la crient, pour la plupart, leur fureur : « Tu m'as volé ma vie, maintenant je ne peux que mourir… » En tout cas elles le proclament sur tous les tons.

Ainsi celle qui avait chanté plus haut, plus fort, plus souvent que les autres que mieux valait mourir que vivre sans amour, s'abandonne pour de vrai à la désespérance. À l'exemple de ces fascinantes immolées de l'amour perdu, la Tosca, Médée, Norma, Isolde, Lucie, Juliette, toutes celles qu'elle avait incarnées avec une puissance jusque-là jamais entendue qui laissait le public confondu.

Prodige que cet accomplissement dans le réel de ce qui paraissait n'être qu'une magistrale invention de l'imaginaire, un fantasme d'auteur lyrique ?

Quand la passion s'engouffre dans une âme pour la consumer de son souffle brûlant, il arrive que la vie et l'art se rejoignent et c'est terrifiant. Sublime, aussi.

II

La plus belle voix du siècle est née américaine, à New York, le 2 décembre 1923 et elle aurait pu le rester, s'il n'y avait pas eu sa mère, Evangelia Kalogeropoulos, dite Litza.

Dans toutes les grandes carrières artistiques, parfois aussi politiques, il y a la mère, l'importance de la mère. Une femme qui, n'étant pas contente de son sort, de son rang dans la société, entend se réaliser et se faire reconnaître à travers ses enfants. Ne fût-ce que l'un d'entre eux, celui qui « promet ».

Mère castratrice, dit-on, pour désigner cette mère abusive, ou fusionnelle, ou intéressée. Rarement admirative, car du fait qu'elle a mis au monde le « prodige », elle considère que les hommages lui reviennent en premier et que c'est elle qu'on doit perpétuellement encenser pour ce haut fait. N'est-elle pas « l'origine », la bouche de chair d'où la « divinité » est sortie ?

Avant la naissance de Maria, sa mère, qui vivait

alors en Grèce avec son mari, George Kalogeropoulos, pharmacien, ruminait déjà d'exister, de rayonner à travers sa progéniture. Et elle plaçait au-dessus de tout les enfants blonds aux yeux bleus. Une tendance à se projeter dans une image, comme dans un miroir, propension qu'elle allait léguer à Maria, ce qui ferait d'elle, en plus d'une soprano, une grande actrice – d'un seul bras levé elle transportait les spectateurs – mais qui allait également contribuer à son malheur. (Pour le retour d'Onassis, qu'elle sentait sur le point de lui être infidèle, elle se projeta dans une image d'elle-même redevenue mince comme avant sa grossesse, avec un enfant dans les bras, et elle exigea une césarienne dans des conditions qui provoquèrent peut-être la mort du bébé.)

Mais nous en sommes encore à l'époque des commencements – quand tout paraît possible. C'est plus tard dans la vie que les portes se ferment les unes après les autres, et que les déchirures, les brouilles deviennent inexorables.

En cette année 1917, au grand bonheur d'Evangelia, sa première-née dite Jackie – un prénom qui ne portera pas chance à Maria ! – exauce le rêve maternel par sa blondeur, sa fraîcheur et une sveltesse qu'elle conservera toute sa vie.

Toutefois, comme Evangelia était grecque donc issue d'une société de machos, ce qu'elle attendait et qui la projeta au zénith fut, trois ans plus tard, la naissance d'un garçon, un petit chérubin blond et bleu comme sa sœur aînée. « Litza » s'en trouva presque consolée de ce qu'elle considérait comme une « mésalliance » : son mariage avec le pharmacien Kalogeropoulos.

Hélas, l'enfant idéal, Vassili, meurt de méningite à trois ans.

Le désespoir d'Evangelia est immense, de même que sa frustration. Elle l'a eu et tenu dans ses bras, le fils rêvé, et il lui a été retiré. Mais elle tombe à nouveau enceinte et « Litza » compte sur le Ciel, qui le lui doit, pour renouveler le miracle : elle va mettre au monde un autre garçon blond/bleu, ainsi pourra-t-elle remplacer le fils disparu par un tout semblable – comme on retourne au magasin pour y racheter l'objet perdu.

Mais ce qui sort d'elle, ce jour-là, à New York où son mari les a contraints tous trois à émigrer, ce n'est pas un garçon mais une fille, une grosse brune de cinq kilos, noiraude au point d'en être poilue : Mary Ann, qui va devenir Maria.

Sa mère, désespérée autant qu'offensée par une telle « claque » à ses espérances, refusa de la prendre dans ses bras pendant quatre longs jours, et il n'est pas besoin d'être grand clerc en psychanalyse pour savoir qu'à partir de là, la petite Maria, devenue l'immense Callas, n'aurait plus qu'un désir, un but dans la vie : être aimée.

Qui n'a pas été aimé à sa naissance, qui ne s'est pas senti l'objet privilégié de cet amour premier, essentiel, celui qu'une femelle animale dispense d'office à son petit, et qu'on croit dû à tout nouveau-né, celui ou celle qui en a été privé ne peut qu'être à sa recherche le reste de ses jours.

Le Ciel, tant prié – on était religieux et superstitieux dans la famille –, eut-il du remords d'avoir à ce point fait souffrir « Litza » ? On pourrait croire que c'est en compensation qu'il fit un cadeau royal à la mère déçue : la petite noiraude possédait et offrit très vite à son entourage quelque chose d'extraordinaire : sa voix. (Était-ce le moyen qu'avait cru trouver le petit être pour se faire aimer, entendre de qui ne voulait pas d'elle ?)

En tout cas « Litza » ne manqua pas de s'en apercevoir ! Il était d'ailleurs difficile de faire autrement : Maria chantait naturellement, à merveille, retenant les airs les plus difficiles pour les avoir entendus une fois.

*
* *

Est-ce parce qu'elle résidait alors aux États-Unis où l'on pratique sans trop de scrupule l'exploitation des enfants prodiges ? Evangelia résolut de faire fortune, en tout cas d'améliorer une situation sociale insuffisante à son gré, grâce au talent de sa fille cadette. Toutefois, pour mener à bien ses projets, il lui fallait de l'argent, un investissement de départ. Le père, moins ambitieux que sa femme, ce qui le rendait moins clairvoyant quant à la mine d'or tombée chez eux, ne gagnait pas assez pour subvenir à l'entretien du foyer en même temps qu'à des leçons de chant. En somme, ne pouvait contribuer à l'exploitation du trésor.

Litza conçut d'aller chercher de l'aide financière auprès de sa parentèle restée dans sa patrie.

La fille aînée, Jackie, fut dépêchée en Grèce, pour tâter le terrain, parler de la chanteuse, sa petite sœur, encore en graine mais qui risquait de faire la gloire de la famille – la crut-on ? Puis Litza commit ce qui pouvait ressembler à une fuite, mais qui se mua en coup de génie : elle prit Maria, treize ans, son maigre bagage et, laissant sur place son pharmacien de mari, embarqua sur le *Saturnia* pour rejoindre sa ville d'origine, Meligala.

Et c'est sous le ciel hellène qui a vu naître le théâtre antique, enfanté la tragédie – Sophocle, Euripide –, que la petite Maria, née américaine, retrouvant et apprenant la langue de ses ancêtres, commença de développer en elle la plus grande voix du siècle.

Qu'est-ce qu'une voix, sinon l'organe de la plainte et de l'appel aux autres ? Toutes ces premières années, on aurait pu dire que Maria chantait pour essayer de se faire admettre par sa mère et son entourage, reconnaître comme la merveille qu'elle aurait tant voulu être.

Tout en ne croyant pas, pas encore, à sa valeur : n'avait-elle pas le tort d'être trop brune et bientôt si grosse ?

À côté de sa sœur Jackie, la blonde beauté familiale, laquelle chantait aussi mais d'une voix de « rossignol », Maria passait en second quand ça n'était pas inaperçue.

Se barder de kilos superflus, nous le savons, c'est vouloir occuper plus d'espace – gagner par sa largeur et son poids cette place qui vous est refusée. Maria était une adolescente timide et malheureuse : s'entourer de graisse, n'est-ce pas chercher à élever autour de soi des fortifications, des défenses, pour se mettre à l'écart de ceux qui, croit-on, vous ont rejeté les premiers ?

D'autant que sa voix, si elle était puissante, ne fut pas d'emblée admise ni admirée. On la trouvait rauque, parfois sauvage, barbare, ce n'étaient pas les sons qui devaient sortir de la bouche d'une jeune fille convenable.

Très vite, Maria fut celle qui est « trop ». Trop grosse, avec un trop grand nez, une trop grande bouche, des yeux trop larges – comme si une telle chose était possible ! – le tout trop noir, et la voix, ah la voix, c'était le pire : une voix à tout casser !

Et elle allait tout casser, en effet.

Comme il est étrange, me dis-je, de se frayer à

coups de hache un chemin dans le monde visible au moyen de quelque chose de parfaitement invisible : une voix !

Car elle n'a rien composé, Maria, rien écrit, rien peint ni dessiné, elle a seulement poussé des cris, rien de plus ! Mais quels cris – orchestrés, musicaux, vous perçant non pas le tympan mais le cœur.

Et elle a fait en sorte d'être entendue jusqu'au bout du globe terrestre, de tirer des flots de larmes à des foules en délire… Dix-sept rappels – qui dit mieux ? – un soir de 1956, au Met de New York.

Oui elle a réussi, la mal-aimée, à rameuter l'univers, à le grouper autour d'elle, faisant pleurer, délirer dès son apparition, avant même qu'elle ait fait un geste, émis une note… Il y avait de quoi retourner ses proches à son avantage, surtout qu'en plus elle gagnait des sous – de quoi se faire enfin remarquer par les quelques-uns dont elle souhaitait si éperdument d'être aimée, sa mère en premier, plus tard Aristote Onassis.

Elle crut un temps y être parvenue, puis il lui fallut admettre, après quelques scènes et épisodes déplorables, que c'était non.

Sa mère continua jusqu'au bout de lui préférer Jackie et Onassis la plaqua pour l'Américaine !

La Callas, la *diva assoluta*, la Divine, en dépit de sa gloire, de son génie, d'une ascension si formidable qu'elle tient du prodige, ne réussit qu'à passer en second auprès de ceux-là même dont elle attendait le plus d'amour.

Peu de temps avant sa fin précoce – elle n'avait que cinquante-trois ans – il lui échappa cette plainte, en forme d'autocondamnation : « Est-ce là le résultat de tous mes efforts ? Je suis seule, sans enfant, sans homme, avec mon chien… »

Hélas, c'était vrai.

La question que je me pose : comment un tel naufrage, ce désastre final est-il possible et la Callas, la victime, y serait-elle pour quelque chose ?

III

Aucun de nous ne serait ce qu'il est s'il n'avait tiré du stock de ses parents les gènes appropriés. Pour ma part, je ne cesse de remercier les miens – côté maternel comme côté paternel – de m'avoir légué un fond de solidité (je me risque à le dire vu mon âge), avec le goût du travail bien fait, humble et discipliné. La folie, si folie il y a, étant mon apport personnel…

Maria, du fait de ses aïeux grecs, avait reçu en héritage génétique une formidable énergie – la mienne et celle de la plupart d'entre nous ne sont rien à côté –, un don artistique confondant, le génie de la dramaturgie et des grandes attitudes théâtrales. Pour ce qui est de la voix, même si elle était issue de ce creuset, elle n'appartenait qu'à elle.

Qu'est-ce qui fait qu'une voix est particulière, plus belle, plus mélodieuse, plus puissante que celle des autres membres de sa famille, de sa communauté et finalement de tous ses contemporains ? Qu'est-ce qui fait de vous un nouvel Orphée ?

Déjà la longueur et la forme des cordes vocales. N'importe quel oto-rhino vous le dira : tous les gosiers sont uniques, autant que les empreintes digitales. (Les amateurs de sexe féminin, l'un d'entre eux y a consacré un livre illustré, vous diront qu'il en est de même pour la vulve : chacune est sans équivalent.)

Certains de ces surdoués n'ont aucun besoin d'entraînement pour chanter, c'était le cas d'Édith Piaf, laquelle entrait en scène, ouvrait la bouche et c'était parti : elle était à son top.

Le danger, pour les jeunes, c'est d'y aller de leur voix tout de suite trop vite, trop fort. Ce fut le cas de Maria Callas, et vers la fin de sa carrière vocale, lorsqu'elle sentit qu'elle n'atteignait plus aussi facilement les notes les plus hautes, celles au-delà du contre-*ut*, son fameux *mi*, elle accusa le « forcing » auquel on l'avait contrainte lorsqu'elle était adolescente.

Il fallait qu'elle chante n'importe quel répertoire, le plus fort, le plus souvent possible, pour surpasser, surclasser toutes les concurrentes éventuelles.

Ordre de Madame mère.

Il n'y a pas que les cordes vocales en jeu, dans le chant, il y a la colonne d'air, soutenue par le plexus, le diaphragme, lequel est un muscle. Pour avoir entraîné le sien depuis son enfance à propulser le plus d'air, le plus longtemps possible vers son larynx, la Callas se vantait de posséder une sorte de plaque d'acier au niveau de l'estomac. « Donnez-moi un coup de poing, allez-y, n'hésitez pas, c'est à vous que vous ferez mal, pas à moi… »

Seulement les muscles, chaque athlète le sait, cela s'entretient, s'exerce toute la vie, sinon la musculature se dégonfle. Or, après avoir récolté plus d'hommages qu'elle n'en avait autrefois rêvé ni espéré, la Callas se lassa des exercices, des vocalises, des répétitions jusqu'à dix-sept heures par jour, en fait d'une vie quasiment militaire. Et monacale, bien qu'elle fût mariée, mais avec un homme qui avait trente ans de plus qu'elle. Même si elle était convaincue de l'aimer, ce n'était pas romanesque tous les jours…

Un autre homme, devenu son amant, eut le privilège de lui faire connaître autre chose que son rigoureux entraînement de diva et elle jugea ce quotidien-là meilleur.

Son Pygmalion cessa dès lors d'être Battista Meneghini, obligé de laisser la place à Aristote Onassis, plus jeune, plus imaginatif et fantaisiste du fait entre autres qu'il était infiniment plus riche.

Or si son mari avait été, avant tout et peut-être exclusivement, un efficace manager, veillant autant sur son sommeil que sur sa forme et son alimentation, l'armateur qui était d'une vigueur et d'une résistance peu communes, dormant très peu (d'où sa capacité de travailler sans se priver du reste), bougeant, courant, nageant beaucoup, entraîna sa conquête dans son sillage de sorties, réceptions, night-clubs, boisson.

Une vie de plaisirs qui enchanta Maria, jusque-là sevrée de cette forme de fête, mais qui pour autant n'était guère profitable à sa voix. Rien d'étonnant à cela : aucun champion, dans quelque discipline que ce soit, ne ressort indemne d'une continuité de nuits blanches forcément arrosées d'alcool pour « tenir ». Même si par ailleurs quelque chose en lui s'épanouit au sein du plaisir, de la détente, comme ce fut le cas alors pour la Callas, jouissant soudain d'un divertissement qu'elle ne s'était encore jamais autorisé.

Pendant les neuf années, les premières si heureuses, que dura sa liaison avec Aristote – dit Ari, Aristo –, les amants vécurent en grande partie au rythme de la jet-set, familiers des lieux les plus branchés de Paris, de la Côte d'Azur, de Monte-Carlo, New York, la Californie, la Grèce, et même des petits bouis-bouis qu'on déniche ici ou là lorsqu'on croise autour du globe… Partout où le grand bateau blanc – cent mètres de long – accostait, les passagers descendaient à terre, prenaient une des Jeep et partaient à la recherche d'un endroit où s'amuser, un lieu de plaisir, de distraction, de danse aussi…

Maria aimait danser et s'y livrait avec flamme

comme à tout ce qu'elle faisait. Et pourquoi pas ? Sa vie, jusque-là, avait été pleine mais austère – n'était-il pas juste qu'elle connaisse autre chose, et s'en trouve bien ?

Reste que ce régime n'était pas l'idéal pour épargner sa voix. C'était même exactement ce qu'il ne fallait pas faire, d'autant qu'on ne se contente pas de boire dans les lieux de la nuit, on fume à outrance…

Céline Dion, lorsqu'elle s'aperçut qu'elle devait protéger et même renforcer sa voix, cessa totalement de parler : des jours, des semaines entières d'un absolu silence, qui se révéla payant.

Ce ne fut pas le cas de Maria. Non seulement elle parlait, causait, mais il lui arrivait de faire pire, de crier : entre elle et Onassis, il y avait souvent des scènes fougueuses, hurlantes, à la grecque, et même si elles aboutissaient à des réconciliations où tout s'oubliait, le mal était fait. Vocalement parlant.

De plus, plusieurs années de suite, Callas chanta fort peu en public, ou même quasiment pas.

Ce n'était pas tout à fait la faute d'Aristote Onassis, lequel, sans y mettre l'obstination de Battista Meneghini, éminent impresario, conseillait à sa diva de continuer ses spectacles et pour ce faire d'entretenir sa voix, de poursuivre des répétitions…

Elle s'y refusait : elle voyait dans ce renoncement une preuve d'amour supplémentaire, indéniable, qui aurait dû combler son amant, ou au moins l'attendrir. « Pour moi, tu vaux tous les triomphes, je préfère ta compagnie à celle de mes millions d'admirateurs… »

Tout de même, elle s'y remit. Cédant à la demande de ses agents, du public, mais aussi d'Aristote qui la voulait performante. La Callas donna encore plusieurs spectacles, dont les uns furent magnifiques, d'autres inaboutis, inquiétants même quant à l'avenir de ses cordes vocales.

Mais si elle avait accepté de se produire à nouveau, c'était en grande partie pour lui complaire, à ce moment-là de leur idylle, le flatter, lui prouver que la femme qu'il s'était adjointe – sa maîtresse – ne le diminuait pas, mais au contraire le grandissait en rajoutant sa gloire à la sienne.

Plusieurs années de suite, il en fut ainsi : Aristote Onassis, l'une des plus grandes fortunes du monde, qui pouvait avoir toutes les femmes qu'il voulait – il n'y avait qu'à y mettre le prix comme la suite le prouva –, parut se suffire, au moins officiellement, de la diva, laquelle flamboyait auprès de lui comme un œillet à sa boutonnière…

Jusqu'au drame.

*
* *

Ce qu'il y a de méconnu dans le destin, c'est qu'il ne vous prend pas par surprise, contrairement à ce qu'on croit, à ce qu'on dit : les chemins qui vont vous conduire vers ce qui vous attend sont déjà tracés, tout à fait repérables quoique encore en pointillé, il n'y a qu'à continuer la ligne par l'imagination…

Françoise Dolto me l'a d'ailleurs dit : on a souvent le pressentiment de son destin… De là à ce qu'il n'ait plus qu'à advenir… Je crois toutefois qu'on pourrait le contrarier, le changer, s'octroyer un sort qui serait différent. Au début de la vie, plusieurs voies sont ouvertes, plusieurs choix possibles, selon qu'on se comporte d'une façon ou d'une autre.

Si elle l'avait voulu, décidé, la Callas aurait pu échapper à la fascination qu'exerça sur elle Onassis, se contenter de le garder non loin d'elle, comme un amant/ami, ce qui l'aurait probablement satisfait, lui aussi, en lui laissant sa liberté…

Oui, il était envisageable, et même souhaitable pour son bien comme pour le nôtre, que la plus grande voix du siècle songe d'abord à elle, à sa prodigieuse carrière, à son art incomparable et place celui-ci au-dessus des hommages – forcément éphémères – de quelque homme que ce soit. Qu'elle préfère les scènes des plus majestueux opéras du monde – où on la sollicitait à genoux de se produire – aux plages où la laissaient les croisières en Méditerranée ou dans les Caraïbes… Et même aux nuits étoilées sur le pont du plus somptueux yacht de la flotte mondiale !

L'étoile, avant tout, n'était-ce pas d'abord elle, rien qu'elle ?

À ce rôle souverain, qui était de droit le sien, la petite fille en elle, encore blessée d'avoir manqué d'amour maternel, préféra celui de la femme séduite, de la maîtresse éperdue, bientôt suppliante et désespérée telles certaines des héroïnes qu'elle avait si magistralement incarnées…

C'était son vieux passé d'enfant rejetée qui resurgissait et la poussait à cette fatale erreur de « casting », comme on dit dans le cinéma.

Car faire don d'elle-même, c'est-à-dire de ses talents exceptionnels, à un homme qui n'aimait guère le chant ni l'opéra, était-ce raisonnable ? Du masochisme plutôt ? Ou alors l'effet d'une secrète volonté de puissance : « Toi, je t'aurai comme j'ai eu tout le reste ! »

C'est la reddition de l'homme qu'elle aimait, le mariage, qu'elle se flattait d'obtenir, par sa seule persévérance.

Jusque-là, en effet, tout ce que Maria avait souhaité, voulu, désiré, la Callas l'avait obtenu. Non seulement le triomphe professionnel, mais la beauté – elle s'était « sculptée », pour devenir filiforme et sublime, elle la difforme, la grosse – sans compter qu'elle avait aussi accumulé de l'argent. Contrairement à sa remplaçante, jamais elle n'eut à dépendre financièrement de son amant, ce qu'elle avait, elle l'avait gagné elle-même par son travail. Quelle réussite et quelle supériorité sur bien d'autres femmes de son époque que cette situation d'indépendance ! À condition qu'on voulût le prendre en compte…

Or, loin de conquérir Aristote et de l'attacher à son char, elle se cassa les dents sur lui parce qu'il était plus fort qu'elle sur un point capital : avant toute chose, contrairement à la Callas, Onassis n'aimait que lui-même (et son autre lui-même, son fils Alexandre).

Il s'enivrait de sa propre image, celle qu'il s'était forgée et qu'il peaufinait jusque dans les plus petits détails de son cadre de vie, le luxe insensé du *Christina*, l'aberration financière que représentait la mise en état de l'île grecque de Skorpios, ce caillou sans eau dont il voulut faire un éden, de même qu'il revenait sur sa propre histoire avec une encre plus noire, des traits plus dramatiques, plus héroïques et chargés, chaque fois qu'il se racontait à nouveau.

Winston Churchill, le lion, cet hôte légendaire dont la présence répétée sur son bateau conférait à Onassis une fierté extraordinaire – et il y avait de quoi ! – passait ses soirées sur le *Christina* à raconter ses victoires aux autres invités fascinés : l'illustre vainqueur de la dernière guerre savait charmer ou faire frissonner son auditoire par des récits d'exploits aussi véridiques que grandioses. Il ne s'en privait pas.

Ce qui pouvait faire rire, c'est qu'Onassis était persuadé de ne pas être en reste, côté périple hors du commun : certes il n'avait pas défait les nazis au cours d'une guerre monstrueuse, mais lui, le petit Grec pauvre, qui avait connu les affres de l'occupation hitlérienne dans son pays, s'en était sorti grâce à son savoir-faire, sa diplomatie, son courage, et avait même su préserver sa famille – à l'exception de sa pauvre vieille grand-mère, pleurez bonnes gens – pour devenir par la suite, à partir de rien, cet homme parmi les plus riches de sa planète.

Qui disait mieux dans le genre parti de zéro et arrivé à tout ?

Peut-être la diva à ses côtés, grecque elle aussi et ayant subi les occupations successives des Allemands, des Italiens, puis des communistes et qui avait également souffert de la pauvreté, de la faim, pouvait-elle se glorifier autant que lui d'un parcours prodigieux ?

Toutefois voyez où elle avait abouti, pour ne pas dire échoué : elle servait les petits fours à ses invités à lui, sur son bateau à lui, ses noirs cheveux dénoués, coupés quand il l'exigea, devenue son esclave tout autant que la dernière compagne de Monte-Cristo.

Et quand vous dites qu'elle est la plus grande diva du siècle, ce n'est plus vraiment elle mais lui, son vainqueur, pour ne pas dire son propriétaire que vous glorifiez : n'en fait-il pas ce qu'il veut, de l'objet de votre admiration, à commencer par la rudoyer ?

Que pensait Winston, s'il en fut informé, de cette conquête capitale, lui, l'expert en batailles livrées et gagnées ?

Ce n'est pas une caricature que je propose là : cela s'est passé exactement de cette façon sur ce yacht qui aurait pu s'appeler le radeau de la *Méduse*, car certains de ses passagers finiront par se dévorer les uns les autres…

Toutefois, rien de cette tragédie – c'en est une – n'aurait pu avoir lieu si Maria avait eu le cœur de préférer son art à tout.

Ce n'est qu'une hypothèse, mais est-il utopique d'imaginer qu'elle aurait pu choisir un autre destin : ne pas abandonner, délaisser la scène et l'opéra pour un homme qui, au fond, ne la méritait pas ?

Car en dépit de ses talents supérieurs de flaireur de bonnes affaires et de spéculateur – dont le charme, la chance et le charisme font partie –, même s'il était à l'époque le plus chanceux de tous les bâtisseurs de fortune, Onassis n'était rien d'autre qu'un parvenu de l'argent. Il devait s'en douter, d'où son acharnement à grimper, par ses fréquentations, ses alliances, son dernier mariage, jusqu'à ce qui lui paraissait être le sommet de l'échelle sociale.

Fût-ce en sacrifiant Maria, qui ne méritait pas cela, comme elle l'a dit et répété quand elle en fut réduite à un vain désespoir.

Mais qui nous mérite, nous les femmes ?

IV

Plus je me pénètre de l'histoire intime de la Callas, que je n'ai pas connue, par mes lectures, des témoignages, l'écoute de ses enregistrements, plus ce personnage, qui se débattait seul dans une gloire immense, m'émeut.

C'est que la gloire lorsqu'elle atteint cette dimension a tout d'un océan : où en sont les bords, les limites ? Comment faire pour rejoindre la rive, échapper à la noyade, sinon en se hissant, ce que la Callas a tenté de faire, sur le premier canot de sauvetage qui passe, pour, si la tentative échoue, se laisser couler, se noyer – ce qu'elle a fait aussi, vers la fin.

Le chant, le bel canto, art puissant, ne demande pas de micro, il n'y a aucun intermédiaire entre le chanteur lyrique et le public, il s'établit entre les deux parties une intimité directe qui peut aller jusqu'à la férocité. Saisi aux entrailles par « la voix », on tremble, on pleure...

D'autant qu'on est à la merci de cette voix...

Que vous vous trouviez à la Scala de Milan, dans l'hémicycle d'Épidaure, au Royal Covent Garden, au Palais Garnier, vous ne pouvez que vous laisser faire par elle… Même si vous fermez les yeux, vous n'échapperez pas à sa pénétration.

Aucun spectacle ne vous prend autant « à domicile », si je puis dire. Pour n'importe quel autre, on doit y mettre du sien, se concentrer, parfois même se tordre le cou, que ce soit au théâtre, au cirque, au ballet… Ne parlons pas d'une exposition de peinture, là le travail vient entièrement de vous : si vous détournez le regard, il n'y a plus de tableau, plus d'œuvre, plus rien.

Au concert aussi la musique vous cherche et vous atteint où que vous soyez, debout, dans votre fauteuil, parfois en coulisses… Toutefois dans un concert, bien que ces sons soient produits par des êtres vivants, ils sont émis par l'intermédiaire d'instruments, qu'ils soient à vent, à cordes, de synthèse ou autre – ils ne sortent pas directement du corps de l'artiste.

En fait, il n'y a que la voix pour se propulser sans intermédiaire ni relais d'un être à l'autre, d'une façon entièrement charnelle, d'organe à organe – du larynx au tympan –, suscitant un écho immédiat dans le fond de vos entrailles. Oui, la voix humaine vous envahit, vous attaque, vous émeut comme aucun autre élément artistique.

Voix humaine qui touche avec d'autant plus de justesse et d'acuité qu'elle est travaillée, qu'elle obéit à des rythmes, se plie à des harmonies que nous semblons prédisposés à recevoir. Comme si nous étions porteurs d'antennes, de palpeurs pour reconnaître sa perfection mélodique et lui ouvrir tout grand, tout droit, l'accès à la moindre de nos cellules. Les nerveuses comme les autres…

Et, plus prodigieux encore, à cette partie de nous qui semble immatérielle : l'âme.

Quel effrayant pouvoir possède la voix humaine !

Celle des prophètes, des faiseurs de prophéties, qu'ils soient des temps modernes – comme les politiques – ou d'autrefois : ces magiciens, ces sorciers qui proféraient l'oracle, et ensuite les événements obéissaient.

Aussi inéluctable, imparable fut la tempête qu'a soulevée Maria au cours de ses innombrables récitals, disques, émissions, diffusions à travers le monde. Et, aujourd'hui, au lieu de s'apaiser, le raz de marée s'amplifie encore, tourne au mythe. (Sans songer à les comparer, c'est aussi ce qui se passe pour la chanteuse Dalida, qui n'a jamais été aussi unanimement reconnue qu'aujourd'hui, quinze ans après sa disparition.)

Pour la Callas, c'est d'une façon foudroyante que cette soprano – qui ne nous a délivré, en somme, qu'un répertoire traditionnel – a fait connaître son nom et son art au monde entier. Elle ne s'est jamais lancée dans des musiques nouvelles ou à la mode, tel le jazz ou quoi que ce soit de moderne : elle s'est contentée d'interpréter, à sa manière, ce qui existait déjà.

Mais elle l'a renouvelé jusqu'à se l'approprier. Faites-en l'expérience, parlez chant, art lyrique, cantatrice à n'importe qui, vous aurez tout de suite en écho : « Ah oui, la Callas ! »

Je vais me permettre une incidente, peut-être pas si insignifiante que ça : le nom de Callas lui-même est en soi une réussite. M. Kalogeropoulos aurait pu transmettre son patronyme tel quel à sa famille, mais il devait être musicien de tempérament, ce petit homme – il n'était pas plus grand que Meneghini ou qu'Onassis, donc de taille inférieure à celle de Maria, sa fille, tirez-en les conclusions que vous voudrez : il eut l'intuition que cela n'allait pas, n'irait pas. Et il changea son nom, d'abord en Kalos, puis tout simplement, tout uniment en Callas.

De même, Mary Ann devint Maria, ce prénom qu'on peut considérer comme universel. (Ma grand-mère le portait, sa sœur aussi, et tous les 15 août, j'ai une pensée pour toutes les Marie, les Maria, les Myriam de l'histoire, ces reines du monde.)

Mais dans Maria Callas il y a mieux que ce rappel de la plus grande des figures féminines de notre civilisation : un élément phonique ajusté avec précision à sa personne, la répétition de la voyelle A. Même si nous ne le savons pas, nous sommes tout de suite absorbés par cette eau sombre, la vibration tragique que comporte le son A. « *A noir* » a dit Rimbaud, le coloriste des voyelles. Moi aussi j'ai trois A dans mon nom et ils n'ont pas manqué de diffuser leur ombre ardente alentour. Toutefois dans le patronyme « Callas », au lieu que ces A soient adoucis par leurs consonnes, celles-ci, au contraire, leur servent de tremplin pour les projeter vers nos oreilles comme autant de projectiles imparables.

Callas : le nom s'imprime aussitôt dans l'esprit et la mémoire. (Quelqu'un d'autre s'est appelé Calas, dans l'Histoire : la victime d'une affaire scélérate dont Voltaire s'est fait le défenseur. Si l'on s'en souvient, c'est sans doute du fait du nom, même s'il lui manquait un L – une aile ! – pour tout à fait décoller...)

Afin de clore cette incidente, et si vous êtes disposés à l'entendre, entre la Callas et la Tebaldi il y avait cette préséance patronymique qui a joué en faveur de la première : « Callas », ce « label » en deux syllabes attaquait plus vite que les trois syllabes du nom de sa rivale les neurones du cerveau. Et s'y gravait plus fortement. *Maria qu'a l'as !*

Cet avantage patronymique, déterminé par les astres, par le hasard, ou par ceux qui vous baptisent et rebaptisent, est dû au destin : « Je suis la victime du destin », a dit parfois Maria, qui pouvait être traversée, quand il s'agissait de son propre sort, par de fulgurantes intuitions.

Mais il n'y a pas eu que les cadeaux génétiques et linguistiques pour transformer Mary Ann Kalogeropoulos en la Callas, il y a eu aussi le travail.

Depuis sa toute première inscription à un cours de chant, Maria a travaillé plus que n'importe quel artiste, qu'il soit par la suite devenu grand ou resté petit.

Durant la journée, il y avait les répétitions, les exercices vocaux, les vocalises, l'apprentissage de toutes sortes de techniques, de secrets destinés à lui enseigner moins à développer sa voix – elle jaillissait d'elle comme un torrent – qu'à la dompter. Jusqu'à dix-sept heures par jour, à certaines périodes. (Deux jours lui suffisaient pour accomplir ses trente-cinq heures…)

Et le soir, la nuit dans son lit, la cantatrice étudiait les partitions. La sienne et toutes les autres. Car on ne chante pas seul un opéra, il faut tenir compte des partenaires et de tous les musiciens de l'orchestre… Un nombre impressionnant de notes et Maria faisait en sorte de les connaître, de se les incorporer toutes. Non dans le but de se propulser en avant du tumulte musical qui se déchaînait avec elle – bien qu'on lui ait reproché de chercher à surpasser ses compagnons de scène – mais au contraire, en grande artiste, en athlète consommée qu'elle était, pour s'appuyer dessus, dominer la vague afin de monter, jaillir plus haut sans jamais chuter. Comme on surfe.

De même qu'une danseuse étoile, une patineuse, une acrobate se fait porter quand ce n'est pas lancer en l'air par son partenaire, on ne chante pas sans appuis. Sans les autres.

Par ailleurs, Maria avait le goût, l'exigence de la perfection.

Dans tous les arts, dans toutes les activités humaines on sait à quel point les perfectionnistes se rendent insupportables à leur entourage. Jamais contents, toujours à critiquer, vouloir recommencer, chercher « la petite bête »...

J'ai vu faire : non pas dans la musique, qui n'est pas mon art natal, mais dans celui de la couture. J'ai vu ma mère, j'ai vu Madeleine Vionnet, Chanel et d'autres grands créateurs prendre leurs ciseaux pour remettre à plat un modèle prétendument terminé sous les yeux de collaborateurs consternés. Le modèle n'était pas parfait au goût du couturier – même s'il passait pour tel aux yeux des autres –, il fallait donc tout reprendre de zéro...

J'ai vu faire de même par ces grands journalistes qu'ont été JJSS et Françoise Giroud : en pleine nuit, sur le marbre, au moment où allait s'imprimer le dernier numéro de *L'Express*, sur leur ordre il fallait retenir les rotatives, chambouler la mise en pages, changer les titres, les photos… Irritation des protes et des ouvriers imprimeurs, magistrature du résultat…

Or, une fois le triomphe assuré et applaudi, tout le monde oublie la singulière tyrannie de celui qui voit plus loin, mieux que les autres, et tous les participants à l'œuvre s'en attribuent leur part de mérite.

Ils en ont une : non seulement ils ont travaillé, mais ils ont supporté ce qui pouvait apparaître comme des caprices, des demandes inutiles, des coupages de cheveux en quatre…

Toutefois, l'énergie dépensée par celui qui veut toujours faire mieux, qui exige plus de lui-même et des autres, est incommensurable. Et quoiqu'elle ne soit pas gaspillée en pure perte, elle épuise celui ou celle qui la dispense.

Maria, parfois, était une femme épuisée.

Et alors ? allez-vous dire… N'a-t-elle pas été amplement payée en retour pour sa peine ? Inscrite au firmament des étoiles immortelles ? Sans compter cette montagne d'argent gagné…

Reste qu'en dépit de tout le mal qu'elle s'est donné – et cette expression « se donner du mal » est à prendre au pied de la lettre – la femme en elle n'est pas parvenue à ses fins dernières : être aimée comme elle le souhaitait, par un homme, un seul, et non par une foule en délire.

C'est que l'amour, lui, ne se conquiert pas par le travail, la course effrénée vers la perfection, l'amour n'est pas un dû, il est une grâce – et ceux ou celles qui en bénéficient ne sont pas forcément les meilleurs d'entre nous. Ce monde est injuste, soupire une actuelle chanson.

C'est aussi ce qui fait sa grandeur.

« La gloire est le deuil éclatant du bonheur », a observé Mme de Staël… Ce deuil-là sied aux femmes d'exception et la plupart du temps leur échoit en partage.

V

La voix vient du corps, s'en extrait, s'en arrache. Et elle nous parvient par le corps, le tympan, l'oreille interne, le nerf acoustique, toute une chaîne organique, pour finir, on ne sait comment, par toucher notre être immatériel.

L'évolution du corps de Maria, ce prodigieux instrument musical, demeure un mystère. L'adolescente a vite grandi, dépassant sa mère, sa sœur, son père… Et cette haute taille, qui ajoutait à sa majesté, n'allait pas compter pour rien dans le charisme de ses prestations sur scène et au cinéma.

C'est un peu plus tard, dans sa prime jeunesse, qu'elle devint grosse, pas obèse mais très enveloppée. « Elle était mieux ronde, déclara plus tard Jackie, sa sœur, qui n'en ratait pas une, avec ses joues, on voyait moins son nez… »

« Tu pourrais te le faire raboter », lui sortit un jour son amant, l'armateur grec, histoire de la « rudoyer ». À ce qu'il semblait ; en fait, cette façon de la harceler en public était une manière de lui prouver sa tendresse et Maria ne s'y trompait pas : elle riait.

Elle ressentait les insolences d'Onassis à son égard comme des preuves éclatantes de son attachement : on ne parle ainsi qu'à ses intimes, ses aimés, ceux avec lesquels on se permet tout tant on est proches, et la taquinerie devient alors langage complice, code secret. Jusqu'à certaines limites, pourtant : la grossièreté entre proches n'est pas tolérable et ne devrait pas l'être. En fait tout est dans l'intention, celle d'Onassis à l'égard de Maria était amoureuse. Et elle en jouissait... Jusqu'à ce qu'il lui en préférât une autre – à ce qu'elle crut, puisqu'il l'épousa, mais cela n'était pas vrai : moins de quinze jours après son mariage, il tentait déjà de revenir vers elle, sonnait à sa porte. Qu'elle ne lui ouvrit pas. Elle ne voulait plus de l'amour sur lequel elle ne pouvait pas absolument compter, qui la trahissait comme le faisait désormais sa voix...

D'ici là, il y eut un mystère non éclairci : la jeune Callas, qui incarnait jusqu'à la caricature l'image traditionnelle qu'on se fait de la cantatrice – « Une chanteuse doit être forte, bien en chair, c'est meilleur pour la voix » –, mincit, s'affina, maigrit à l'extrême en un an, passant de quatre-vingt-dix à cinquante-huit kilos, pour révéler des proportions superbes.

À croire qu'on assistait à un strip-tease : une fois débarrassé kilo par kilo de sa graisse, sorti de sa gangue, le corps de Maria se révéla tel qu'il était en réalité : admirable. Le cou long, la taille si mince que la diva s'attachait à la mettre en valeur en portant à la ville de hautes ceintures sur des robes plates. Une silhouette de mannequin qui inspira ceux qui l'habillaient, couturiers et costumiers, lesquels lui confectionnèrent des merveilles – au théâtre comme à la ville.

Seules les cuisses demeuraient fortes, « Les bonnes grosses cuisses de Maria, répétait son amant en lui mettant la main sur la jambe, elles sont réconfortantes ».

Ces « piliers », dont Maria n'était pas particulièrement contente, qui pouvaient enfler à la moindre fatigue, en fait la supportaient telles les colonnes d'un temple.

Et ce n'est pas d'avoir maigri, minci, qui fit défaillir sa voix, cela vint après et les raisons, au début, en étaient plus sociales que physiques : elle avait changé de mode de vie, abandonné son entraînement d'athlète.

Quant au visage, quelle réussite là aussi ! Contrairement aux critiques acerbes de sa sœur, son long nez se révéla un atout supplémentaire, il ajoutait à sa noblesse – comme autrefois celui des Bourbons…

Il suffit de considérer n'importe quelle photo de la Callas, une séquence filmée, qu'elle ait été tournée sur un trottoir, à la sortie d'un restaurant ou dans son appartement, de se faire projeter

Médée, le film de Pasolini, ou un quelconque enregistrement – il y en a des quantités – de ses prestations, opéras, images plus ou moins habilement captées par la caméra, pour être en quelque sorte tétanisé. « Scotché », comme disent les adolescents…

En effet, partout, Maria – la Callas – affiche, même en maillot au bord de la piscine, même lorsqu'elle rit de toutes ses dents, un visage de tragédienne !

Il n'y a qu'à voir ses yeux, vastes comme s'ils étaient destinés à pleurer toutes les larmes du monde, noirs comme le gouffre du chagrin inconsolable – qu'elle a fini par rencontrer –, ce nez imposant, majestueux, la signature de son profil, enfin la bouche, la voie royale du souffle, par où va sortir le chant, pour être convaincu qu'on est en face d'un monstre sacré. Une créature unique de son espèce et qui n'a pas, ne peut pas laisser de descendance…

Le visage de Maria est déjà comme un programme, une affiche, on ne se demande pas s'il est beau ou autrement, on reste fasciné, l'attention fixée sur l'image quelle qu'elle soit – puisqu'on n'a plus qu'elle désormais –, s'interrogeant sur cette figure dont Pier Paolo Pasolini a pu dire qu'elle était à la fois antique et follement moderne !

Grâce à ce physique hors pair, hors norme, tous les personnages de l'opéra lyrique qu'elle a incarnés nous apparaissent désormais sous sa physionomie. D'autres très grandes cantatrices ont donné la Tosca, la Traviata, Manon, Lucie de Lamermoor, on ne dira pas avec plus de conviction, mais parfois avec plus de justesse vocale – la voix de Maria, personne ne le nie, avait ses défaillances –, pourtant c'est sa silhouette, son visage que l'on imagine dans le rôle. Elle se l'est approprié. Ce que font tous les grands acteurs, le héros du *Diable au corps* ne peut être que Gérard Philipe, celui d'*À l'est d'Éden* c'est James Dean et Monte-Cristo, désormais, a la physionomie de Gérard Depardieu…

Grande tragédienne, actrice incontestable, incontestée – on a pu se plaindre de sa voix, la critiquer, en médire, son jeu théâtral n'a jamais été mis en question, à tel point qu'il parvenait, dit-on, à sauver des représentations faiblardes, côté vocal.

La grosse noiraude s'était métamorphosée en un personnage sublime. Capable aussi de légèreté et d'humour, comme en témoigne son interprétation de Rosine dans *Le Barbier de Séville*.

C'est que la diva était à facettes, ce qui stupéfiait les critiques musicaux, lesquels aiment, comme tous les critiques, pouvoir « classer ». Sa voix, longtemps, lui permit toutes les nuances, du cri chanté aux invocations hurlées, à la légèreté rapidissime, la douceur enchanteresse…

Il y a quelque chose du chant de la nature, de celui de la vie dans ce qu'offre Maria Callas à ses plus grands moments. Car la vie se révèle ainsi, changeante, pour chacun d'entre nous, pauvres mortels ; elle passe de la frénésie à la lenteur, de l'horreur à la joie, de la violence au frémissement presque imperceptible de la tendresse… Maria chantait « tout » et a tout chanté.

Quelqu'un m'a dit : « Elle a touché Dieu… »

Il se peut bien que ce soit Lui, en effet, à certains moments, qui se soit exprimé par sa bouche.

D'où la sidération du public : un souffle divin venait de l'effleurer.

Une telle mission, qu'elle fût divine ou non, il était dans l'ordre des choses qu'elle en paye le prix.

Ce qui fut fait.

La femme n'a pas été aimée comme n'importe quelle femme le souhaite, ou pense le mériter, elle n'a pas eu d'enfant, elle a perdu ce qui la faisait vivre, sa voix, la possibilité d'exercer son art, et elle est morte jeune.

Sans compter qu'à temps réguliers, comme tous ceux qui sont trop grands pour leur siècle, elle a été vilipendée. Aujourd'hui, on dit « entartée »… Et avec quelle haine.

VI

Dans les temps simples et immémoriaux, on brûlait les sorcières. Qu'elles soient de Salem ou d'ailleurs, c'était la façon la plus expéditive de se débarrasser des femmes hors norme... Les saintes en puissance aussi devaient mourir, ces folles qui, au lieu de se marier et de s'occuper de leurs enfants, se permettaient d'ouvrir la bouche au nom d'un drôle de prêcheur, d'un ennemi reconnu de l'ordre public... Vite, on les mettait hors d'état de nuire.

Beaucoup d'héroïnes, dans l'Histoire comme dans les romans, connaissent ainsi un destin funeste ; celles dont on peut dire qu'elles sont des femmes « déréglées » – trop belles, trop indépendantes, trop amoureuses... De Cléopâtre à Phèdre, de Marie-Antoinette à Emma Bovary, de Jeanne d'Arc à Mata Hari, l'exception convient mal aux femmes, vraies ou imaginées...

Même Coco Chanel, qui vécut âgée, richissime

et à la fin de ses jours sans compagnon – je l'ai fréquentée –, n'en pouvait plus de solitude.

Ces grandes figures, ces bâtisseuses de civilisations nouvelles, ces révolutionnaires opiniâtres dans un domaine ou un autre, on ne les admet sans condition qu'*après*. Lorsqu'elles ont disparu et qu'elles ne peuvent plus surprendre, le temps écoulé faisant qu'on a accepté, digéré ce qu'elles ont apporté de neuf. Elles sont enfin devenues « conformes », politiquement et socialement correctes…

Il en fut de même pour Maria Callas, qu'on a fini par absoudre d'un comportement qui, sur l'instant, « décoiffait ». Qui, de nos jours, oserait écrire un pamphlet contre la *diva assoluta*, qui se risquerait à sortir quelque ignominie, que ce soit sur son caractère, sa conduite ou même son chant et sa façon si personnelle de renouveler la mise en scène et d'interpréter l'opéra ?

On en oublie que de son vivant mais aussi juste après sa mort, le torrent de boue ne tarissait pas : un déferlement de vilenies, de calomnies, de rumeurs injurieuses – Maria était continuellement « entartée », en plus d'être encensée. Et sur le moment ces actes atteignaient leur but qui était de blesser, torturer une femme ultrasensible comme tous les très grands artistes.

On s'aperçoit en relisant ses biographies que la méchanceté a systématiquement accompagné ses pas, alors même qu'on lui déroulait le tapis rouge, y semant par millions les roses écarlates et que cascadait de ville en ville le fleuve des applaudissements, des rappels – trente-sept minutes à Mexico – dans ce qui pouvait apparaître comme l'expression d'un amour sans borne et sans faille…

En réalité, où qu'elle aille, il se formait, en parallèle à la haie d'honneur, cette haie du déshonneur, qui dans l'armée signale le passage d'un traître…

C'est que traître, elle l'était aux yeux d'une partie de l'opinion publique, ce tribunal fantôme : traître au chant lyrique, à la façon traditionnelle jusque-là de chanter l'opéra, traître à son statut de femme mariée puisqu'elle était adultère, traître à l'image conformiste de la diva – qu'est-ce que c'était que cette silhouette de mannequin, cette élégance de top model ? –, traître aussi à son art quand elle le néglige puis l'abandonne pour un homme. Ce « parti de rien » devenu milliardaire, une espèce de corsaire sans manières et lui aussi adultère !

Quelle satisfaction pour le misérable peuple des envieux, jusque-là camouflé, de trouver soudain motif à injurier, vilipender, salir ce qu'une si grande partie de l'opinion mondiale portait aux nues ! (Que Zinedine Zidane fasse un faux pas, et vous pourrez voir de quel déferlement est capable la jalousie refoulée…)

Cette période noire, celle de l'éclipse de Maria Callas, il est plus simple aujourd'hui de la gommer. La cantatrice ayant fait à ses détracteurs la faveur de mourir jeune, la haine, n'ayant plus d'objet, semble aujourd'hui avoir disparu. S'être apaisée. Réduite à rien…

Car la haine, la plupart du temps, a pour fondement la jalousie. Et maintenant qu'elle est morte, la diva, ses cendres dispersées dans la mer Égée, elle a bel et bien laissé la place : même pas de tombe à fleurir, ni sur laquelle venir en masse se recueillir ! Le champ est libre pour l'arrivée des suivants – les médiocres comme les excellents, car il en est – pour tous ceux qui composent la relève, et souhaitent briller à leur tour au premier rang.

En est-il ainsi ? Une nouvelle génération de chanteurs doués et surdoués a-t-elle éclos au point de faire oublier Maria ?

Il semble que non : en fait l'art lyrique, de nos jours, n'a plus la place transcendantale qu'avait su lui donner Maria Callas, pendant plus d'une décennie.

Avec ses interprétations hors norme des grands opéras classiques, la remise en scène, à sa demande, d'œuvres laissées au placard, tels les opéras de Donizetti, de Bellini, la diva ne cessait de secouer le monde figé de l'opéra.

Ce souffle nouveau, qu'elle incarnait, avait fait d'elle la référence absolue dès qu'il était question de chant et l'étonnant est que trente ans après la légende continue de s'amplifier.

Sans que ses anciens détracteurs éprouvent le besoin de repasser à l'attaque, maintenant que la diva ne profite plus de rien.

N'avait-elle pas, en plus de son génie, l'admiration, l'argent mais aussi la beauté, l'élégance ? Et ce qui acheva de mettre le feu aux poudres, la passion et l'amour ! Ouf, cette femme qui paraissait avoir tout, avoir tout pris – car ce qu'on a semble forcément volé aux autres – a cessé d'exister !

Une telle abondance de biens méritait les fusillades, décapitations, pendaisons, supplices qu'on fit subir tout au long de l'Histoire à nombre de femmes d'exception. Surtout ce qui pouvait le plus faire souffrir une femme au cœur sensible, jamais contente d'elle-même – aurait-elle été la grande artiste qu'elle était sinon ? – le mépris. Dès qu'on a pu, on l'en a accablée.

Beaucoup de grands de ce monde l'ont éprouvé pour leur propre compte : tant qu'on va de succès en succès, passe encore, mais dès qu'on s'arrête, qu'on ralentit, le souffle écourté, l'avalanche de boue vous rattrape.

On raconte que la diva s'est enfermée, les dernières années de sa vie, en recluse volontaire : en fait c'est le monde extérieur, les « autres » qui la faisaient se sentir mieux seule, entre ses chiens, Djedda et Pixie, et ses deux serviteurs fidèles devenus des amis, Bruna Lupoli et Ferrucio Mezzadri, avec sa télévision.

Le monde extérieur ne devait plus entrer chez elle que par la lucarne du petit écran, les atrocités « cadrées » étant en quelque sorte plus supportables que la réalité – beaucoup d'entre nous le savent. Maria préférait d'ailleurs les films de cow-boys – pour moi ce sont les policiers, sans doute pour la même raison qu'elle : dans ces œuvres de pure imagination les bons l'emportent forcément sur les méchants qui sont au bout du compte punis.

Ce qui finit curieusement par arriver dans la réalité, mais cela met parfois du temps… L'important, c'est de ne pas mourir avant le jugement dernier. Or, Callas a disparu sans avoir été, comme elle l'est maintenant, totalement réhabilitée, justifiée, défendue et à nouveau portée aux nues…

Si j'insiste sur ce côté sombre et pathétique de sa vie, c'est parce qu'il est courant, chez ceux qui parlent d'elle, de tirer un voile qu'on croit pudique sur ses souffrances dernières et son exil avenue Georges-Mandel dans une solitude proche de l'abandon, alors qu'elle avait eu le monde entier à ses pieds.

Quel goût peut bien avoir la gloire lorsqu'on y est immergé ? Il nous faudrait Victor Hugo pour formuler comme il convient ce que ce violent éclairage représente d'erreur sur la personne, de toc, de faux-semblant, tout en suscitant des nuées d'admirateurs qui en fait n'aiment qu'eux-mêmes…

L'artiste, le monstre sacré, leur sert de médiateur pour éprouver des émotions qui leur appartiennent mais qui, sans lui, sans sa baguette magique, seraient demeurées enfouies en eux, sans mots pour le dire, sans images en lesquelles les projeter.

C'est comme en amour, où le passage par un autre est nécessaire pour découvrir ce que l'on recèle, sans y avoir accès, d'émotion, de générosité, de bonheur et de joie… Merci dès lors à l'intercesseur – l'amant – qui nous permet d'accéder à nous-même. Maintenant que c'est fait, il peut éventuellement se tirer… Car rares sont les vrais amours : ceux qui s'adressent véritablement à un autre être qu'à soi et qui s'y tiennent contre vents et marées.

Il y eut heureusement, et jusqu'au bout, quelques fidèles autour de Maria. Tous n'étaient pas là, cependant : ceux sur lesquels elle croyait pouvoir toujours compter parce qu'ils connaissaient pour eux-mêmes cette gloire qui instaure une scission entre la vie privée et la vie publique – Visconti, Pasolini – lui ont fait le chagrin de mourir avant elle.

Cela acheva d'élargir le fossé entre la diva et ceux qui ne pouvaient pas comprendre ce qu'elle ressentait dans son retrait qui avait tout d'une déchéance, quoiqu'elle s'en plaignît des heures durant, au téléphone comme à ses visiteurs potentiels, ce qui finissait par lasser leur constance.

Qu'avait-elle, cette Maria, qui avait tant reçu de la vie, à ne pas savoir jouir de ce qu'elle en avait tiré : une renommée immense, une sérieuse fortune – les enregistrements continuaient de se vendre dans le monde entier –, un bel appartement… Pourquoi devenait-elle autant casse-oreilles ?

Il lui arriva toutefois de sortir un peu, poussée par l'espoir que le salut par une nouvelle rencontre était encore possible. De préférence dans ses restaurants favoris, *Maxim's* entre autres – mais elle n'y trouvait que nostalgie.

Alors, elle rentrait et avalait des somnifères, en nombre croissant, de plus en plus forts et nocifs. Elle en vint à s'en plaindre et à avouer, cette femme qui si longtemps s'était enorgueillie d'être tout à fait libre, qu'elle était devenue dépendante, en particulier de cette chose dérisoire que sont les « pilules »… (D'autres, ayant également chuté d'un sommet d'amour à presque rien, comme Marilyn Monroe, Simone Signoret, Marguerite Duras, pour ne parler que des défuntes, ont dû y ajouter, pour se supporter encore, la drogue ou la boisson.)

Le quotidien, dans sa monotonie, avec ses minuscules événements – un coup de téléphone, un peu de courrier –, ses petits plaisirs – arranger des fleurs, prendre un bain –, devient insupportable du simple fait qu'on ne saurait s'en contenter.

Comment pourrait-on se contenter de « l'ordinaire » quand on a connu l'extraordinaire ?

Et comment faire comprendre à autrui qu'on est déphasée, « déshumanisée » – extraterrestre – pour avoir connu trop de succès, trop de gloire, trop de foule à vos pieds trop longtemps ?

Il y a de la folie là-dedans, une incitation à la psychose : on s'éprouve comme séparé de soi, de son être intime et lorsque le « show », le cirque s'arrête, il se révèle pratiquement impossible de revenir vers ce soi désormais perdu de vue. Et si l'on arrive à le rejoindre, ce soi dégonflé alors qu'il vous était apparu comme si grand, englobant le monde en quelque sorte, comment s'en satisfaire ?

Après avoir été Médée, Norma, Lucie, Tosca, se glisser dans le rôle de la dame de cinquante ans qui va de chez son coiffeur au cinéma, a des petits dîners entre amis et promène ses chiens au Bois, n'est pas possible…

N'avoir plus que ces territoires-là après avoir arpenté comme si elles vous appartenaient – et elles vous appartiennent alors – les plus grandes scènes du monde, de la Scala à l'Opéra Garnier, au Covent Garden et tant d'autres… Après avoir habité les plus belles suites des plus beaux hôtels de la planète, s'être fait bronzer des mois durant sur le pont du *Christina*, sur les plages somptueuses et désertes d'une île grecque, se contenter d'une vie de retraitée ? Vous vous moquez !

Quelque part cela semble indigne – et ça l'est.

Maria, dit-on, conservait toutefois une once de désir – ce qu'on peut aussi appeler l'espérance : elle avait été invitée à se rendre dans un lieu de vacances, où il y aurait ce qu'elle aimait infiniment, la possibilité de se baigner dans une mer tiède, de nager. On a dit qu'elle nageait comme une sirène.

Cependant, elle avait un peu grossi. Cela nous arrive à toutes avec l'âge, avec la ménopause les œstrogènes se tarissant on prend du ventre, comme les hommes…

On dit – je ne peux parler que par on-dit, mais je donne foi aux plus vraisemblables du point de vue féminin – qu'elle voulut maigrir, et qu'elle ingéra des coupe-faims, des diurétiques.

Est-ce cette médication, ajoutée au reste, qui fit déborder la coupe ? Elle était hypotendue – 8 de maximum, parfois moins. Un jour, elle tomba dans sa luxueuse salle de bains parisienne, et, sans avoir prévenu, il s'arrêta. Qui ? Mais son cœur.

VII

C'est le propre du génie de se manifester dès l'enfance, alors que celui qui en est possédé ne le sait pas encore, ne le sent pas, n'est pas en mesure de juger qu'il porte en lui quelque chose de plus que les autres.

D'autant que ce « plus » est souvent assorti d'un moins : le petit Einstein n'a parlé que fort tard ; certaines étoiles de la danse, tout enfants, étaient grassouillettes ; de futurs écrivains mauvais en classe, des champions sportifs difformes…

Maria, on le sait, était « laide » d'après les critères blond/bleu de sa famille, et bien trop ronde. Ce point est d'ailleurs mal éclairci : était-elle boulimique ? Elle a prétendu que oui, à certains moments, en particulier durant son premier séjour aux États-Unis où, après avoir souffert des restrictions dues à la guerre et à l'occupation, elle se bourrait de viande hachée, de hot-dogs et de crêpes arrosées de sirop d'érable…

Souffrait-elle aussi d'un dérèglement hormonal survenu à la puberté, ce qui pouvait expliquer sa mauvaise circulation, l'enflure de ses jambes ? Et lorsqu'elle a perdu trente kilos en un ou deux ans, était-ce dû à un régime, à des soins médicaux appropriés, ou le fait de chanter aurait-il eu un effet bénéfique sur les glandes incriminées ?

Quoi qu'il en soit – j'y reviens car c'est là que tout s'annonce, comme dans l'ouverture des opéras –, dès que la petite fille se mit à fredonner, apprenant par cœur pour les restituer intégralement les airs qu'elle entendait, ce fut un enchantement.

Sa mère prit l'habitude de lui faire entonner quelques couplets dans les réunions. Maria s'en tirait si bien qu'Evangelia comprit qu'il y avait un parti à tirer de sa puînée. Sur le plan de la renommée, et aussi de l'argent. (C'était bien vu, quoique à partir d'un certain moment, cherchant trop à garder le contrôle de ce qui menaçait de lui échapper – la carrière, la vie de sa fille – Mme Kalogeropoulos s'y prit mal et se retrouva tenue à distance, puis exclue.)

Dès que Maria fut inscrite à un cours de chant, la jeune fille étonna son premier professeur, Maria Trivella. Dans la foulée, Evangelia y avait conduit ses deux filles, puisque Jackie promettait aussi vocalement, mais l'aînée se découragea vite et cessa de travailler le chant. Elle préféra le mariage, avec un beau parti, la vie « normale ».

Maria, en revanche, se lança à corps perdu dans

les répétitions, l'apprentissage du rude métier de cantatrice. Avec son second professeur, Elvira de Hidalgo – qui l'accompagna sa carrière durant, en amie proche et fidèle –, une fois son cours reçu, elle assistait à ceux des autres élèves.

Elle ne vivait, ne respirait plus que dans et par le chant.

Elvira de Hidalgo, une ancienne cantatrice espagnole devenue professeur de chant, s'était retrouvée bloquée par la guerre en Grèce, à Athènes où elle n'était venue que pour un court séjour. Il y a parfois d'heureuses retombées individuelles d'un drame collectif. Mme de Hidalgo perçut d'emblée que la voix de Maria n'était pas une « belle voix » comme il y en a d'autres, mais quelque chose de tout à fait hors norme qu'elle se consacra à développer, « civiliser » si l'on peut dire, et mettre en valeur, sûre qu'il s'agissait d'un cas exceptionnel, en fait un diamant à l'état brut.

La voix de Maria surpassait les autres, déjà par son amplitude, qui allait du *la* grave au *mi* aigu, ce qui a fait dire que la Callas avait « trois voix », d'où problème : le passage d'une tessiture à l'autre. Un inconvénient qu'elle tenta de surmonter tout le temps qu'elle chanta : elle travailla longuement pour atténuer, gommer les changements de ton, les « sutures », au début très audibles... Et elle y parvint ou presque.

Le professeur comprit aussi qu'il y avait dans cette voix, telle qu'elle se présentait naturellement, des possibilités multiples et d'habitude contradictoires : elle alliait la puissance à la légèreté, la rapidité à la douceur – caractéristiques dont chacune, seule, aurait fait le bonheur d'une autre cantatrice. Maria les avait toutes réunies – ce qui fit, plus tard, la richesse unique, inouïe jusque-là, de ses interprétations, leur densité comme leur variabilité. « Sa voix a la puissance du glaive et appartient déjà à la légende », put-on lire dans le *Time* après sa première prestation à New York, en octobre 1956.

Elle passait d'un rôle à l'autre, de la tragédienne à la comédienne, de la jeune fille à la femme mûre, avec une aisance, si on peut l'oser, de caméléon.

Maria Callas pouvait tout chanter et elle chanta tout ce qui compose le répertoire lyrique, remettant à la mode des opéras qui ne l'étaient plus – avec des préférences, bien sûr, Tosca, Norma, Lucia, Médée, ses rôles fétiches. Mais elle ne chanta rien comme les autres.

C'est que dès l'origine il y avait dans sa voix des cassures, des fêlures, qui rajoutaient à l'émotion pour ses inconditionnels, mais qui se muèrent en défaillances lorsque sa voix commença de la trahir, jusqu'à parfois, sur certaines notes, lui manquer.

Ce mal récurrent venait en particulier de ses sinus, qu'elle dut faire opérer – déboucher – à maintes reprises, peut-être aussi des trop grands efforts qu'elle avait imposés à son appareil vocal au tout début, grisée, comme l'étaient ses auditeurs, par la découverte de ses possibilités qui pouvaient paraître infinies.

Sa fragilité grandissante – jusqu'à l'arrêt total de la scène après la dernière et fatale représentation de la *Tosca*, le 5 juillet 1965, à Londres, au Covent Garden – pouvait également être imputée à une maltraitance, mettons un refus de précautions…

Après avoir tant travaillé, au début de sa carrière, il vint un moment, où, requise par d'autres objectifs, dans un autre état d'âme, ayant entamé une nouvelle tranche de sa vie, la diva ne se préoccupa plus assez de son don.

Comme si elle avait mieux à faire que répéter ou soigner sa gorge à temps continu. Ce « mieux » étant de vivre enfin « comme tout le monde ». Au rythme endiablé de la jet-set dont elle rêvait de faire partie et qui semblait lui ouvrir grand ses portes dorées.

Maria a toujours été bavarde, et sa voix lui servait aussi à communiquer, à séduire, à se faire entendre parmi les autres, et non pas uniquement *par-dessus les autres*. Mais comment fait-on pour à la fois exprimer et préserver son génie ?

Un jour, Rimbaud cessa d'écrire. Nicolas de Staël de peindre. Le roi Édouard VII d'être roi. Poulidor de pédaler, Bjorg de frapper la balle, Nijinsky de danser.

Maria a pu se lasser d'être « la femme d'à côté », celle qui ne sait, ne peut que chanter, admirablement, certes, mais dont le rôle parmi les autres se limitait à se donner en spectacle.

Elle n'appartenait pas au cercle fermé de la haute société et, même si elle la connaissait pour en être applaudie, elle souffrit d'en être exclue jusqu'à ce qu'un de ses membres, Aristote Onassis, lui donne la chance d'en faire partie.

Un moment, elle crut y être parvenue du fait qu'Onassis était à l'époque roi de Monte-Carlo. Et comme il faisait la loi parmi les *beautiful people*, il pouvait imposer qui lui convenait.

Mais c'était probablement le destin de Maria de ne jamais parvenir à s'intégrer, à être admise comme n'importe qui d'autre, c'est-à-dire en tant qu'elle-même… Elle était comme l'albatros que « ses ailes de géant empêchent de marcher » et plus sa vie avançait, plus elle se retrouvait en marge, socialement parlant, jusqu'à la solitude finale. Comme si le seul lien valable qu'elle était capable d'établir avec autrui, qu'elle le voulût ou non, ne pouvait que passer par le chant.

C'est là, dans son art et par son art, que la soprano avait pu jouir – et cela lui resterait quoi qu'il advienne – d'une royauté, d'une souveraineté absolue. Bénéficiant d'une aura qui touchait au sacré, dès sa naissance.

Ce bonheur, ce pouvoir, quelque malheur qu'il lui échût par la suite, personne ne pouvait le lui retirer : elle avait éprouvé la joie infinie de tirer d'elle-même des sons extraordinaires.

Quiconque s'est aventuré dans le chant, ne fût-ce qu'en amateur, a pu ressentir qu'au moment où pour la première fois il produit un son, une note qu'il ne se croyait pas capable d'émettre, qu'il n'avait jamais entendu résonner en lui, il doit s'interrompre, submergé par une intense émotion... Certains rient – ce fut mon cas –, d'autres pleurent...

Ce bouleversement n'est que bien peu de chose, minable même, à côté de ce qu'a dû éprouver Maria, lorsque après quelque entraînement, elle sentit quel formidable instrument musical elle était tout entière.

Peut-être un danseur connaît-il également cette joie lorsqu'il réussit pour la première fois des sauts qui étaient jusque-là, vu son âge, sa musculature, hors de sa portée.

Maria s'entendit produire certains sons, réussir des enchaînements musicaux dont elle ne se savait pas encore capable, c'était comme si son corps entier chantait.

Car s'il y a eu l'effet sans précédent, immédiat, que sa voix produisait sur le public, il y a eu aussi, parallèlement, ce que la chanteuse a pu ressentir en elle-même, jusque dans la moindre de ses fibres. Son corps chantait. Quoi ? Mais la joie d'être vivant…

Ce n'est pas sans raison que l'imagerie populaire parle du chœur des anges. Tout notre être aspire à chanter et si nous aimons tant la musique, si le bel canto nous met en extase, c'est que cet art correspond à une profonde aspiration de l'âme. Vers le haut.

J'ai interrogé Hubert Reeves, l'astrophysicien qui travaille des heures durant avec son électrophone diffusant des opéras à plein tube. (Il baisse le son quand je viens le voir, car il sait que cela me dérange, moi, pour converser.) Pour lui, Maria Callas avait une voix « érotique ».

On parle de la musique des sphères, celle qu'une oreille suffisamment vaste – on est en train d'en construire – devrait pouvoir capter du glissement des étoiles dans le vide du cosmos…

Cet élan de toute la matière pour se transmuer en musique, Maria a eu la chance, la grâce, le bonheur de l'incarner.

Il lui fallait le communiquer : quand on est saisi par une émotion, une allégresse qui nous renverse – quand on contemple, par exemple, un beau paysage –, afin d'intensifier encore ce sentiment magnifique, on a besoin de le partager.

Maria Callas, dès qu'elle a pu chanter, et au fur et à mesure que se développait en elle la capacité d'aborder les plus beaux et grands opéras composés avant sa naissance – et c'était comme si les compositeurs avaient pressenti qu'elle viendrait les exaucer en en rendant toutes les intentions et les nuances –, n'eut qu'une idée : monter sur scène et faire entendre à tous ce qu'elle entendait en elle-même.

Elle ne se trompait pas : l'enchantement ne pouvait qu'être réciproque ! Il le fut et l'est encore.

La magie était telle que les applaudissements, les rappels n'en finissaient pas, comme si le public cherchait à dire à la diva qu'il l'avait bien entendue, et qu'il n'avait que ce moyen somme toute grossier pour lui exprimer sa joie sans borne : faire du bruit ! Applaudissant parfois plus longuement qu'elle n'avait chanté… Se défoulant ainsi. Car l'émotion ressentie était trop forte. Elle donnait envie de devenir fou – ou de mourir… Oui, Maria Callas a toujours été « trop ».

Extrême. Dans le malheur, on le sait, mais surtout, avant tout, et il convient de ne pas l'oublier quand nous pensons à elle, Maria était encore plus démesurée dans la joie.

VIII

Soudain, ce fut l'amour ! Le grand, le définitif. Celui qui la fit s'épanouir totalement – puis mourir…

Il peut paraître étrange qu'une fille aussi passionnée que Maria, entourée d'admirateurs dès ses premiers succès de scène, n'ait pas rencontré l'amour, le grand, l'unique, plus tôt…

Sur ce point, on ne peut qu'imaginer ce qui s'est produit à partir du peu que l'on sait de sa vie de très jeune femme. Sa sœur Jackie était ravissante, aimait plaire et avait six ans de plus qu'elle. Aussi les garçons et les hommes qui venaient à la maison s'intéressaient-ils à la blonde jeune fille en fleur, plutôt qu'à sa petite sœur grassouillette…

Cette préférence put donner le sentiment à Maria qu'elle ne plaisait pas, n'allait pas plaire, à cause de son physique ingrat et de sa personne à l'époque renfrognée.

Ce qui pouvait la rendre remarquable, c'était son chant. Et elle s'y cantonna, s'y consacra.

Au début de l'apprentissage d'un art la rivalité entre élèves est énorme – c'est déjà la compétition. La réputation de soprano de Maria fit rapidement le tour de l'école de chant : il y avait là quelqu'un qui « promettait », une voix exceptionnelle surpassant celles des autres.

Une telle prééminence ne pouvait la mettre en situation d'être « populaire », comme on dit chez les jeunes. Elle se vit jalousée, en même temps qu'admirée, les deux vont de pair, d'autant que Maria ne faisait rien pour être aimée pour elle-même. Elle ne donnait que son chant, comme si c'était tout ce qu'elle avait à offrir... Et quand elle ne se produisait pas, elle travaillait sa voix, le solfège ou les partitions sans chercher à fréquenter les autres.

Toutefois les événements vinrent bouleverser cette vie de travail et les plans de sa mère comme ceux de la famille : en 1939, un an après leur arrivée en Grèce, la guerre éclata.

Et la jeune fille, d'après ce qui est rapporté, se retrouva à chanter pour les troupes d'occupation, les Italiens, par la suite les Allemands, ce qui exigeait qu'elle ait à se tenir sur ses gardes.

Cette attitude défensive vis-à-vis des hommes – il n'y avait que des femmes autour d'elle, son père était demeuré aux États-Unis –, il semble qu'elle ne la perdit qu'avec Battista Meneghini rencontré dès son arrivée en Italie, à Vérone, le 29 juin 1947.

L'homme d'affaires italien proposa presque immédiatement de s'occuper d'elle, conquis par sa voix, dont elle était sûre, autant que par sa personne, dont elle doutait. Il était suffisamment nanti, fabricant de briques et de fourneaux, à la tête de douze usines, pour que Maria puisse se sentir en sécurité auprès de lui – d'un point de vue d'abord matériel, puis affectif. Cet homme de trente ans son aîné – il avait alors cinquante-trois ans – n'était-il pas l'image même du protecteur, de son père désormais absent et qui lui manquait ?

Cas banal et qui n'a d'exceptionnel que par l'intensité que mit Maria à répondre aux sentiments de Battista à son égard – gratitude, besoin d'être aimée – et aussi par la durée de leur union.

Durant les dix ans qu'ils passèrent ensemble – ils se sont mariés en 1949, le 21 avril – jusqu'à la fatale rencontre avec Aristote Onassis – aucun bruit d'une autre liaison ne filtra.

Or, ce furent les plus grandes années de la cantatrice, celles où elle devint la *diva assoluta*, la « Divina », et où sa voix, d'après les experts, atteignit son niveau d'excellence.

Les hommages en tout genre la submergeaient, on peut imaginer que les déclarations enfiévrées aussi… Pourtant, on ne la vit qu'au bras de son mari, lequel l'entourait, la choyait, la protégeait et leurs rapports apparaissaient si tendrement harmonieux qu'ils en devinrent exemplaires.

Dès qu'ils étaient séparés, du fait d'obligations professionnelles, Maria s'en plaignait, par des petits mots, des coups de fil. Elle se jetait publiquement dans ses bras courts – elle était bien plus grande que lui – dès qu'ils se retrouvaient sur un quai, au bas de la passerelle d'un avion...

Nul ne pouvait mettre en doute une entente qui faisait leur force, leur complémentarité : elle se donnait à fond à son art, il négociait avec âpreté ses contrats.

On peut se prendre à rêver : et si leur union avait duré toujours ? Maria n'aurait peut-être pas perdu sa voix ! Auprès de Battista, aucun stress sauf celui de ses spectacles. Rien non plus ne l'incitait à participer à la « grande vie », celle que menait Onassis, à se livrer à des excès d'aucun ordre, pas même dans l'intensité émotionnelle... Ses élans de passion, la cantatrice pouvait les réserver entièrement à ses rôles : son Battista, son Tita, ne la faisait pas souffrir... mais il ne la faisait pas jouir non plus !

« Et la femme en toi, que devient-elle ? » m'a demandé un jour Françoise Dolto. Il existait donc une femme en moi qui pouvait ne pas se satisfaire d'une vie matérielle convenable et de succès professionnels agréables ? Un être du sexe féminin qui exigeait autre chose ? Mais quoi ? L'amour, bien sûr, avec un compagnon qui le partagerait, mais aussi, même si je le niais, ne voulais pas le savoir, l'enfant…

La femme chez Maria exigeait elle aussi, sans qu'elle le sache, l'enfant. Les chiens, dont elle s'entoura toute sa vie, les remplaçant dès qu'ils disparaissaient, n'étaient pas à considérer comme des substituts mais comme des appels vers cet être irremplaçable : celui dont la vie commence avec vous et par vous, qu'on doit protéger, avec qui l'on fusionne d'autant plus qu'au début il ne parle pas : l'*infans*.

Voyez avec quel appétit, proche de la voracité, les femmes s'emparent d'un nouveau-né, dès qu'elles en aperçoivent un… Même si elles en ont eu et si elles ont encore des enfants en bas âge, le nouveau-né possède pour toutes les femmes – sauf celles qui ont refoulé la « femme en elles » – une attraction qui relève de la pulsion, du besoin…

Si la mère laisse faire, elles vont être plusieurs, autour d'un berceau, à mutuellement se l'arracher des bras… On dit que Maria, lorsqu'elle joua sur scène avec des enfants, manifestait à leur égard cette même tendresse palpitante.

Qu'est-ce que la maternité peut bien avoir à faire avec la passion ? À mon avis, énormément…

Cet élan qui nous pousse brusquement vers quelqu'un du sexe opposé – ce qu'on nomme le coup de foudre – doit beaucoup à l'instinct de reproduction…

Il nous submerge, nous envahit, nous entraîne et nous fait perdre tout sens de la mesure, de l'autodéfense et même du jugement.

Frédéric Rossif, avec qui j'ai travaillé pour ses films sur les animaux, dont *La Fête sauvage*, me disait : « C'est à la période du rut que les animaux sauvages sont les plus vulnérables, ils oublient tous les dangers qui les menacent, ils ne songent plus à se protéger, ni à se cacher, il faut qu'ils y aillent…

– Vers quoi ?

– Mais vers l'amour, la rencontre avec le partenaire… »

À trente-six ans, la belle, la sublime Maria qui avait eu plus de la vie qu'elle ne pouvait raisonnablement le concevoir et l'espérer, parvenue au faîte de son art, dans une gloire mondiale grandissante, voyant croître sa fortune dont s'occupait habilement son mari, lui-même millionnaire, a probablement été saisie par cette fièvre-là.

Celle qui pousse l'être vivant à ne plus se contenter de ce qu'il est ou de ce qu'il a, pour se jeter dans les bras d'un autre qui lui paraît être son complément, dans cet éblouissement proche de l'aveuglement qu'on nomme la passion.

*
* *

Tout commença par une fête mondaine, paisiblement si l'on peut dire. Leur première rencontre eut lieu à Venise, à l'hôtel Danieli, où l'Américaine Elsa Maxwell, la plus grande (et la plus grosse) chroniqueuse *people* de l'époque, donnait une réception somptueuse. C'est elle, le 3 septembre 1957, qui présenta l'un à l'autre, en s'en amusant, les deux Grecs les plus célèbres du moment.

Ils se parlèrent dans leur langue natale, vite rejoints par Tina, l'épouse grecque d'Onassis. Pour se raconter un peu et, d'après les témoignages, se lancer mutuellement quelques piques, à la manière des adolescents qui cherchent à attirer sur eux l'attention…

Toutefois Aristote Onassis, qui avait assisté à l'un de ses opéras, n'ignorait rien du rayonnement et de la gloire mondiale de la diva. Pétri par les légendes et la mythologie de sa Grèce natale, on peut imaginer qu'il la trouvait belle, cette femme plus grande que lui, à la façon des déesses antiques, majestueuse dans sa noirceur.

Est-ce ce jour-là ou à la fête qu'il organisa pour elle le 19 juin 1959 à l'hôtel Dorchester à Londres, après qu'elle y eut chanté *Médée* – son plus formidable rôle, celui d'une femme si amoureuse qu'elle en devient infanticide – qu'il décida qu'il l'aurait ?

Que lui, le petit homme à qui rien ne résistait, allait la conquérir, cette épouse jusque-là fidèle – défi supplémentaire ! Qu'il lui suffisait de mettre en œuvre le formidable pouvoir de séduction que lui donnait l'argent. Sa ténacité aussi. Et son charme.

Depuis sa prime jeunesse, usant déjà de la puissance de son immense fortune, l'homme râblé, le batailleur avait l'habitude de se « payer » les plus belles femmes du monde. Son épouse d'alors, la ravissante Tina, fille de l'armateur Livanos, faisait partie de ses conquêtes et continuait de briller à son bras et de faire des jaloux.

Avoir décidé Tina, dix-sept ans à l'époque, à se marier avec lui, qui en avait vingt de plus, avait représenté une victoire pour Onassis sur plusieurs plans : celui du séducteur, mais aussi du stratège : n'était-il pas devenu le gendre de son principal concurrent, l'armateur grec Livanos ? Une sacrément bonne affaire et il le savait, le rusé.

Tina était blonde, une silhouette de rêve, et vite il lui avait fait deux enfants. Dès lors, il s'était établi un « arrangement » entre eux, Tina se prenait de jeunes amants de son âge, comme Reynaldo Herrera, bel héritier et play-boy vénézuélien, et Onassis vivait librement ses aventures… Quand il en avait le temps et l'envie.

Alors, pourquoi Maria ?

On ne saura jamais – le savait-il lui-même, l'armateur ? – si c'est le désir d'épater encore un peu plus la galerie, que sa gigantesque réussite avait déjà stupéfiée, qui lui donna l'envie et le désir obstiné – Meneghini résistait – de l'avoir sur son yacht où il avait reçu l'autre « divine », la grande star de cinéma Greta Garbo, ainsi que le glorieux Winston Churchill.

Ou avait-il succombé au premier regard, dès qu'il avait parlé à la soprano, à l'appel du destin ? À tout ce qui émanait de fatal, de fabuleux, de la longue dame brune aux immenses yeux noirs ?

En tout cas, il la lui fallait, et le somptueux bateau qu'il avait lui-même aménagé et décoré selon ses goûts – et ses fautes de goût – représentait pour Onassis son meilleur champ de bataille, son arène. C'est sur le *Christina*, où il régnait en maître absolu – tel Neptune, le roi des mers, et, pouvait-il croire, de la planète –, qu'Onassis se sentait le plus à l'aise pour mener à bien ses campagnes… financières ou amoureuses.

Petit, pas très beau, si myope qu'il ne pouvait ôter ses grosses lunettes – mais Maria non plus ! – Onassis, à terre, parmi les gens de la haute société comportant des hommes magnifiques, acteurs et play-boys, se sentait diablement concurrencé. En revanche, là, sur le *Christina*, choisissant ses hôtes, il faisait en sorte qu'il n'y ait aucun autre mâle aussi désirable que lui. Il lançait à son gré ses invitations, et le capitaine du bateau n'était pas un rival, le pauvre, ni les marins, ni la foule des serviteurs. Ni le glorieux Winston Churchill, quatre-vingt-six ans, et accompagné de son épouse, Lady Churchill.

Pour tout horizon, pour inciter au rêve une femme à l'âme romantique, il n'y avait donc que lui et la mer.

Bien sûr, lorsque Maria Callas monta pour la première fois à bord, le 22 juillet 1959, en vue de la croisière demeurée célèbre à l'égal de la nef des fous, elle traînait derrière elle Meneghini.

« Traîner » est le mot car Meneghini avait beaucoup résisté avant de laisser Maria accepter l'invitation, pour lui et pour elle. Elle avait même dû menacer d'y aller seule !

Était-ce l'inquiétude, ou n'aimait-il vraiment pas la navigation ? Battista Meneghini souffrit du mal de mer dès que le large fut atteint, au point de ne presque jamais sortir de leur luxueuse cabine...

Un homme qui est vert, a la nausée, même si vous l'aimez de tout votre cœur, perd quelque peu de son sex-appeal, s'il en eut jamais...

Alors qu'Aristote Onassis, le Grec, le marin né, était la séduction même. Si j'ai parlé de son charme, bien que ne l'ayant jamais vu, c'est que j'en ai plusieurs fois ouï dire, en particulier par mon amie Sonia Rykiel, qui m'a raconté leur brève rencontre.

Après trente ans d'amitié et de confidences, j'ai pu apprécier la capacité de la belle styliste à jauger et ressentir les hommes, aussi je sais que je peux la croire.

Voici ce qu'elle m'a raconté : « J'étais à une soirée où Onassis se trouvait. Nous étions nombreux. Tout à coup, après le dîner, cet homme se lève et vient s'asseoir à côté de moi. Il me parle à peu près vingt minutes et c'était comme s'il n'y avait plus eu que nous deux au monde. Je veux dire qu'il s'adressait à moi comme s'il n'existait personne d'autre, il me posait des questions, s'intéressait à qui j'étais, à ce que je faisais, comprenait tout au quart de tour… Il avait un charme extraordinaire, cet homme-là… Soudain, il s'est levé, il m'a dit à bientôt et je ne l'ai jamais revu… Sinon, s'il m'avait invitée sur son yacht, je pense que j'aurais fait comme les autres, j'y serais allée moi aussi, dans l'idée de poursuivre la conversation ! Oui, il était ensorcelant… Je comprends Maria Callas et aussi Jackie Kennedy, que j'ai vu une fois dans ma boutique et qui était si belle… Il savait vous parler de vous, de la femme que vous êtes ! »

Le fait est qu'elle y est allée, sur son bateau. Non pas Sonia mais Maria. Elle a arraché au finish son accord à Battista, qui soulevait toutes sortes d'objections, car il devait flairer le danger… Et il avait raison. Le couple a donc embarqué, en juillet 1959, à bord du *Christina*…

Quand ont-ils couché ensemble, ceux qui allaient être des amants d'abord scandaleux – tous deux étaient mariés et leurs conjoints respectifs présents sur le bateau – pour entrer dans la légende comme des amants magnifiques ?

À bord, où il n'était pas commode d'échapper à la vigilance générale, l'a-t-il entraînée nuitamment dans l'un des canots de sauvetage ? Cela s'est dit… Ou est-ce à terre, comme on l'a également murmuré, qu'il a pu la connaître intimement dans une crique, en profitant d'une escale ?

Tout ce qu'on sait vraiment, ce qui est sûr, c'est qu'avant tout ils parlèrent.

Des nuits entières, sur le pont, dans deux transats installés côte à côte sous le ciel étoilé des mers chaudes. Maria ne rentrait qu'à l'aube dans sa cabine, non pour y rassurer un Meneghini dolent qui s'inquiétait de sa si longue absence, mais pour dormir…

Que se dirent-ils, ces deux-là, en grec, au long de ces conversations interminables où Maria, la si bavarde, écoutait son interlocuteur avec une attention passionnée ?

On peut penser qu'ils se racontèrent chacun son enfance, par certains côtés similaires, et il y avait de quoi faire – d'autant qu'ils avaient le talent, l'un comme l'autre, d'embellir la réalité quand cela leur paraissait en valoir la peine…

Il y eut aussi, sans aucun doute, le récit de leur double ascension, dans un cas comme dans l'autre une sorte de conte de fées, de périple digne d'Ulysse, leur compatriote : tous deux partant de presque rien pour devenir des stars mondiales !

Sans doute aussi dirent-ils du mal des autres, famille et proches, qui ne les comprenaient pas, les trahissaient… Ce qui est souvent vrai pour les êtres d'exception, rares sont ceux qui n'ont pas à se plaindre des leurs, lesquels voudraient les niveler, les raboter, les garder pour eux seuls, en fait leur couper les ailes…

Surtout, ils mêlaient leurs voix, leurs destins, leurs avenirs, beaucoup plus que s'ils avaient couché ensemble, sans interdits ni obstacles, dès le début de la croisière… « Vous me comprenez, n'est-ce pas ? »

– « Bien sûr… Moi aussi je ressens la même chose… »

À peine se touchaient-ils de temps en temps du bout des doigts… Comme des enfants…

Car ne pas pouvoir aller au bout de son élan sexuel, pour se donner entièrement l'un à l'autre, lorsqu'on en a si fort envie, vous ramène en quelque sorte au temps de votre adolescence !

Et au cours de ce voyage qu'on peut dire de fiançailles, ces deux-là eurent tout le loisir de s'imprégner l'un de l'autre – en prenant leur temps.

En le remontant, plutôt, jusqu'à croire qu'ils avaient joué ensemble sur les trottoirs d'Athènes, puis partagé leurs premières émotions sentimentales…

Onassis était plus âgé de dix ans mais la différence ne compta pas : ils se sentaient accordés, nés à nouveau, l'un à l'autre…

Peut-être aussi, comme tous les amoureux, faisaient-ils le compte des occasions manquées, ces heures, ces lieux où ils s'étaient ratés de peu, alors qu'ils parcouraient tous deux la planète, ce qui avait retardé – coquin de sort ! – leur rapprochement.

Mais c'était arrivé, grâce à l'opiniâtreté d'Onassis, et il ne leur restait plus qu'à s'unir, pas seulement en paroles – bien que rien ne soit plus fort que la parole – mais par la chair.

*
* *

Leur liaison débuta tout de suite après le débarquement, on peut dire « officiellement ». Dès septembre Maria obtenait sa séparation d'avec Battista Meneghini et en novembre, non sans mal, le divorce… Maria n'a pas caché, elle semblait en être fière, qu'avant Aristote, elle n'avait jamais connu le plaisir physique. Que la femme en elle n'avait pas vibré.

À trente-six ans passés, cela venait de lui arriver – grâce au Grec.

Et rien ne put le défaire, ce charme-là, ni la

trahison, ni l'abandon… Pour preuve le cliché pris par un amateur de leur baiser passionné sur une plage de l'île grecque de Tragonisi, alors qu'ils étaient séparés et que Maria refusait obstinément de le revoir. Il vint quand même, parce que c'était un 15 août, jour où l'on fête toutes les Marie, les Maria du monde…

Mélancolique, douloureuse, elle était allongée sur sa chaise longue, cherchant à bronzer, lorsque arriva un hélicoptère. Il semble que la femme abandonnée sait tout de suite de qui il s'agit, car elle ne bouge pas, ne cherche ni à aller à sa rencontre, ni à s'enfuir comme elle le faisait à l'arrivée d'un importun, tel un journaliste…

Le petit homme parvient jusqu'à elle, d'un pas pressé, se penche, l'embrasse longuement sur la bouche. Ce n'est pas un conte ni un effet de mon imagination : on a les photos. Jusqu'à l'air, tout semble trembler de désir autour d'eux.

Que se sont-ils dit ? Là-dessus, mystère…

On a seulement pu voir le visiteur remonter presque aussitôt dans l'hélicoptère. À l'époque, il était marié avec Jackie Kennedy, « ce sac d'os », dit-il un jour déplaisamment. Il commençait à être mécontent du marché…

Alors qu'entre Maria et lui, l'entente charnelle était imprescriptible et dura jusqu'à leurs morts respectives. Lesquelles eurent lieu – comme si l'amant appelait l'amante – à deux petites années seulement de distance.

[illegible]

[illegible]

[illegible] de plusieurs [illegible]

[illegible]

IX

Plus je lis, réfléchis, rêve à la courte et lumineuse vie de la Callas, plus une question s'impose à moi : existe-t-il un fossé entre les gens extrêmement célèbres et les autres ? Entre les grandes figures, celles qui marquent l'histoire de l'humanité, dont les noms sont universellement connus – la Callas en fait indéniablement partie – et les anonymes, ou ceux dont les gazettes parlent aujourd'hui et qui seront oubliés demain ?

Si le sujet me préoccupe c'est qu'en lisant des biographies, j'ai pu remarquer à quel point on traite la vie des hommes et des femmes illustres comme on ferait de celle de n'importe qui. On moralise : il aurait dû, elle n'aurait pas dû… Mais est-il juste et même normal qu'on veuille appliquer à nos célébrités, voire nos idoles, les mêmes règles qu'à tout un chacun ?

Cette forme de démagogie me choque : toute grande carrière, toute grande action se fonde sur la transgression, le déni des lois existantes – quitte à en inventer de nouvelles, mais la plupart du temps c'est tout simplement en les ignorant. Les méprisant. Le Christ a repoussé sa mère, « Femme, qu'as-tu à voir avec moi... », Jeanne d'Arc s'est habillée en homme, Louis XIV, Napoléon n'ont pas ménagé leurs contemporains, Rousseau a abandonné ses enfants, Picasso n'aurait pas été, paraît-il, un très bon grand-père...

Alors, moi je dis : ces gens que vous admirez, il s'agit de les prendre en bloc, d'autant que c'est probablement leurs défauts, parfois leurs vices, en tout cas leurs actes de transgression qui leur ont permis de balayer les obstacles, de vaincre leurs ennemis, de créer du neuf et de triompher.

D'atteindre la gloire.

Maria, surnommée « la tigresse », n'était pas tendre avec ses possibles rivales, n'hésitant pas non plus à s'opposer à certains directeurs de théâtre qui lui résistaient – un jour elle saisit un lourd cendrier pour en menacer l'un d'eux –, elle rejeta sa mère, sa sœur, n'hésita pas à tromper son mari sous ses yeux, et il lui arrivait d'avoir la dent plus que dure... (Elle n'était pas pour rien amie d'Elsa Maxwell, la féroce chroniqueuse américaine !)

Est-ce grave ? Ses « excès », si on peut qualifier ainsi ses colères et ses violences, n'ont fait de vrai mal qu'à elle, qui s'est retrouvée si solitaire. Et c'est cela qui est à déplorer : il est rare que le bonheur accompagne jusqu'au bout les vies exceptionnelles.

En fait, Maria Callas fait partie d'un étroit et très précieux troupeau : les immolés de la gloire.

Pour moi je les chéris et je leur pardonne jusqu'au mal qu'ils finissent par se faire à eux-mêmes, faute d'être compris.

Mais reparlons de la jeune Maria pour justement tâcher de la comprendre.

Au début, c'était comme un jeu d'enfant. La fillette chantait à travers l'appartement de Long Island, aux oreilles de sa mère, de sa sœur – son père était au travail. Mais ce n'était pas, comme la plupart des jeunes enfants, des comptines ou les airs à la mode : c'était déjà l'opéra.

Il fallait bien qu'elle soit investie par la musique, la grande musique, en quelque sorte dès sa naissance, pour qu'elle trouve « normal » de chanter à pleine voix *Carmen* ou *Cavallera rusticana* en s'occupant du ménage ou de la cuisine, car la famille, en cette époque de récession américaine, manquait d'aisance.

Il fallait aussi qu'Evangelia, sa mère, ait l'oreille musicale ; et c'est le mérite d'Evangelia – qui n'en a pas beaucoup d'autres en tant que mère – d'avoir reconnu dès le départ qu'il se trouvait chez sa fille cadette un filon.

Le pharmacien avait dû fermer son officine, vu la crise américaine, et il était devenu représentant, parcourant sans cesse les routes avec ses valises. Evangelia, seule face à son destin médiocre, fut la première à « inventer », en quelque sorte, Maria Callas… La « Divina ».

J'ai toujours eu beaucoup de reconnaissance pour ceux qui m'ont poussée, très jeune, vers le travail d'écriture. C'est un homme, Émile Servan Schreiber, qui, le premier, m'a informée que j'avais une plume, et engagée – j'avais vingt ans – à écrire des notules non signées dans son journal, *Les Échos*. Par la suite, son fils me fit dès le premier numéro travailler dans le sien, *L'Express*. À partir de quoi d'autres hommes, des éditeurs, des cinéastes, des rédacteurs en chef d'un magazine ou d'un autre vinrent me demander de l'écriture.

Aurais-je songé à me faire éditer sinon ? J'étais à la fois timide et orgueilleuse, incapable de me propulser seule en avant : par chance, et cela continue pour l'instant – d'où ce livre –, on vient me quérir à domicile…

Qu'elle soit grande ou petite, toute carrière commence ainsi : par les autres. Et celle de Maria Callas n'y échappe pas.

Car il est quantité de talents, de génies, que de mauvaises rencontres ont châtrés, étouffés dans l'œuf… Dégoûtés de ce qu'il y avait de meilleur en eux… Des Mozart étranglés au berceau…

Avec la Callas, ç'aurait été possible, tant elle choquait, au prime abord, du fait qu'elle était

« trop ». Trop grande – en tout cas plus grande que la plupart de ses partenaires –, avec ses grands yeux affligés d'une forte myopie, ce qui les rendait inquiétants, et soudain trop grosse. On en voit parfois des filles comme ça, bouffies, le regard vague quand elles n'ont pas leurs lunettes et qui semblent chercher à se cacher dans leur graisse. Certaines ont des voix fluettes, comme pour faire excuser leur masse.

Or, chez Maria, c'était le contraire, dès qu'elle ouvrait la bouche, jaillissait comme la lave d'un volcan cette voix immense, ample, un peu rauque, presque sauvage…

« Noirâtre », a-t-on dit. Elle-même a comparé sa voix à une sorte d'huile lourde.

Il fallut la développer, c'est-à-dire en explorer toutes les possibilités – elle montait indéfiniment dans les aigus, allait loin dans les basses – puis l'apprivoiser, la canaliser. La « couler », en quelque sorte, dans les différents répertoires qui étaient régulièrement à l'affiche de tous les opéras du monde, de Londres à Tokyo, de Milan à New York, à Paris, à Buenos Aires…

Maria s'y consacra avec passion ; et sa capacité à connaître à fond les livrets et de passer d'un genre à l'autre se révéla prodigieuse… Dans la même semaine, il lui arrivait de chanter alternativement le gai et le triste, la comédie et la tragédie…

Et voilà que le répertoire habituel lui parut insuffisant, trop étroit peut-être, tant son désir d'aller loin, plus loin, vers de l'inédit, et de savoir qu'elle pouvait le faire, était grand : elle explora, redécouvrit des opéras oubliés. Et, dès qu'elle en eut la possibilité – c'est-à-dire le pouvoir –, décida de les exhumer pour les chanter et les remettre en lumière. Ce qui fait que d'autres chanteurs suivirent ses traces et se produisirent eux aussi dans Donizetti, Bellini.

Toutefois son exigence de faire du nouveau avec de l'ancien, la curiosité de chercheuse qu'elle manifestait, commença par exaspérer l'art lyrique, aussi bien son public d'habitués que les serviteurs de l'opéra : critiques, chefs d'orchestre, musiciens, autres chanteurs.

Étant donné l'amplitude de son instrument, Maria Callas se faisait une joie – en forme de défi – de tout chanter. Ce qui n'alla pas sans une montagne de travail, de mise au point, d'acharnement sur ce qui n'allait pas, pas encore… Elle répétait à pleine voix avant une représentation – ce que ne font pas forcément les autres chanteurs, et cela des heures durant, la veille d'un spectacle et jusqu'à l'instant d'entrer en scène…

Elvira de Hidalgo la suivait dans cette aventure de l'extrême : elle concentra leur entraînement sur l'agilité car une telle puissance naturelle jouait au départ au détriment de la légèreté, de la subtilité, de la rapidité…

Cet entraînement continu, jusqu'à dix-sept heures par jour, rappelons-le – aucun athlète n'y consacre autant de temps – pendant les années qu'on peut dire d'apprentissage, permit à Maria d'atteindre à la suprématie dans son art.

Qui disait : « Le génie c'est un peu de don plus énormément de travail... » ? Maria possédait le don et le courage de ne pas s'en contenter : elle persista à s'exercer, se perfectionner, même après qu'elle eut atteint la renommée. Encouragée en cela, après Hidalgo, par son époux, l'italien Battista Meneghini.

On peut se demander si ce n'est pas le souci de préserver le seul atout qu'elle consentait à se reconnaître – sa voix – qui fit choisir à la soprano un homme si peu accordé à sa personne ! Plus petit qu'elle, pas beau, pas jeune... Mais qui eut l'habileté, l'amour aussi, de consacrer sa vie – il renonça à s'occuper de ses propres affaires – à la carrière de Maria.

Ces dix-ans-là, Maria – qu'on n'appelait guère Mme Meneghini mais toujours Callas, et bientôt la Callas – ne cessa de proclamer qu'elle aimait Battista.

Les quelques lettres qu'elle lui envoya lorsqu'ils étaient séparés en témoignent... D'après ce qu'il en paraissait ce fut un couple fidèle, discret et sans problème, dont personne ne songeait à dire quoi que ce soit... Ils semblaient, comme l'on dit, « bien assortis ». Ce qui signifie que chacun trouve chez l'autre ce qui lui est nécessaire...

« L'amour, disait à peu près Malraux, c'est quand un être vous est nécessaire… »

Leur union aurait pu durer longtemps, toujours peut-être, sans la fatale rencontre avec Aristote Onassis.

Jusque-là Meneghini – dit Tita – était l'écrin, le nid, la chrysalide dont avait besoin non pas la femme mais « la Voix » pour à la fois se préserver et étendre encore son rayonnement.

Mais peut-on se contenter d'être une voix ? Fût-elle la plus belle du monde ?

X

Quand on égrène la liste des concerts et des prestations de Maria pendant cette décennie avec Meneghini, on est époustouflé : les époux ne demeuraient jamais longtemps dans les mêmes lieux, et les intermèdes entre deux tournées furent rares.

Meneghini n'était pas de ces hommes qui se considèrent lésés par la carrière de leur femme et exigent comme un droit sa présence à la maison ! C'était lui qui négociait les contrats, arrangeait les déplacements, multipliant les concerts, et faisant en sorte que la diva ait le moins de soucis matériels possible. En ce qui le concerne, il s'occupait tout seul et modestement de lui-même, s'étant choisi un rôle de protecteur de l'art, lui l'ex-fabricant de briques.

En fait, il était devenu ce qu'on appelait autrefois un « montreur d'ours ». Cela n'est pas dit pour être désagréable : sans Meneghini comme sans Hidalgo, aurions-nous eu la Callas ?

D'où la colère de « l'inventeur » et même sa fureur, quand passa un homme infiniment plus riche que lui, mais si peu amateur d'art et d'opéra, lequel, en quelque sorte, gâcha son œuvre.

On connaît la célèbre photo où les deux hommes – l'un et l'autre plus petits que la diva – cherchent ensemble à remettre son manteau sur les épaules de Maria. Dans leur empressement, ils se retrouvent avec la main de l'un, celle d'Aristote, posée sur celle de l'autre, Battista…

Maria, elle, les traits soulignés de noir comme en scène, a le sourire et les yeux perdus dans on ne sait quel songe… Soupèse-t-elle leurs mérites respectifs avant de se décider à lâcher le premier pour le second ? L'un l'a construite, l'autre va la détruire, ce jour-là ils paraissent s'acharner à se la disputer…

Si j'avais un choix à faire entre eux dans l'intérêt de Maria, que dirais-je ? Après tout c'était à elle de choisir. Aristote lui a donné un bonheur, une satisfaction que son époux légitime n'avait pas pu ou su lui apporter… Et elle a préféré l'aventure personnelle, contre son art.

Car il est bien évident, répétons-le, que la vie de night-clubs, de casinos, de sorties, éventuellement de boissons, en compagnie d'Onassis, ne favorisait pas la protection de la « Voix », laquelle, tel un stradivarius, lorsqu'elle ne servait pas, avait besoin d'un boîtier doublé de velours…

Mais revenons à elle, la voix : est-ce que des sons peuvent se décrire ? Ce que je peux dire, après avoir écouté les enregistrements ainsi que les commentaires des uns et des autres, c'est que la Nature aussi a des couacs, produit des monstruosités, tels ces pauvres dinosaures victimes de la météorite qui empoussiéra mortellement leur atmosphère.

Eh bien, il semble qu'il y avait dans l'extraordinaire instrument vocal de Maria une semblable capacité à « sortir des limites », à se retrouver hors des chemins balisés de l'art vocal bien tempéré, hérité des siècles précédents, et que de temps à autre elle émettait un son qui, s'il faisait frissonner les uns, horripilait les autres. Un « alien ».

Il y eut l'histoire du « *mi* », à Mexico. On dit que ce fut à la suite d'un pari que, à la dernière mesure d'*Aïda*, Maria émit un son si aigu en même temps que si puissant qu'elle domina l'ensemble musical et vocal qui attaquait le final...

Elle aurait pu se « casser » la voix, comme un athlète se pète un tendon ou se provoque une déchirure musculaire, en en faisant trop. La chanteuse réussit son exploit, agrandissant ainsi le cercle de ses ennemis...

Et de ses admirateurs.

C'est le gros du public, lequel ne se choque pas de sensations hors du commun – peut-être parce qu'il n'est pas sous l'emprise de la stricte tradition –, qui a vite reconnu en elle quelqu'un de fraternel.

On peut reprocher, et on ne s'en prive pas, à certaines divas d'être hautaines, pimbêches, imbues d'une supériorité qu'elles acquièrent à force de jouer des reines et des princesses en costume de brocarts surbrodés, avec des tombereaux de bijoux, fussent-ils faux…

Maria endossait elle aussi le costume de l'emploi, mais elle le transcendait par ses failles, justement. Certes elle ne faisait pas exprès de rater une note, d'émettre un son d'une raucité inquiétante, de poitriner, ou de se retrouver tout à fait hors des sentiers battus, vocalement parlant. Elle en était au contraire affectée, prête à s'en excuser… Mais c'est un peu comme si une top model soudain boitille ou fait quelque faux pas sur un podium… (J'en ai vu tomber, trop entravées, chez Jacques Fath…) Elle n'en paraît que plus humaine, plus touchante !

Le public, qui s'embête un tantinet à des spectacles formellement parfaits, même s'il est amateur, gloussait de satisfaction devant ses prestations parfois bigarrées, l'ovationnait et lui hurlait à se casser la voix de son côté « Divina, Divina ».

En somme, elle transgressait.

Et tous ceux qui transgressent attirent sur eux les foudres du châtiment en même temps que la gloire éternelle.

D'autant qu'elle ne le faisait pas dans l'intention de choquer – la pauvrette –, au contraire, elle ne cessait de travailler pour obtenir de son instrument donné par Dieu – ou par le Diable – qu'il fût conforme. À ce qu'avait voulu le compositeur et à ce qu'en attendait le chef d'orchestre.

Mais une étrangeté s'échappait d'elle, malgré elle, qui faisait de cette grande souveraine de l'art lyrique une semi-délinquante, presque une voyoute… En dépit du fait qu'elle se voulait moraliste, et l'était la plupart du temps.

Et c'est cette partie d'elle-même, qui lui échappait comme les fumerolles d'un volcan jusque-là inactif, qui soudain explosa lorsqu'elle rencontra un frère, un semblable, disons-le tout net – en délinquance.

Car il n'est pas d'armateur milliardaire qui soit net, « rectiligne ». Ils ne peuvent que se comporter en pirates, comme tous ceux qui ont réussi sur la mer et par la mer…

Alors le besoin de transgresser qui existait chez Maria trouva en lui à qui parler. En somme, du répondant. Comme elle en avait rencontré, mais dans un mode en quelque sorte secret et qui ne se manifesta que par la réussite de leur collaboration, chez Pasolini et Visconti. Ses amis homosexuels, ses complices pour ce qui est de faire ce qui n'avait encore jamais été fait en matière d'opéra.

Là était la merveille – le fruit de ces rencontres hors du commun.

En fait, on ne voit que ce que l'on peut voir, ou entendre – mais ce qui se dit de muet entre deux êtres demeure mystérieux, même à eux-mêmes et doit s'inventer et s'imaginer. Je pense, pour ma part, que Maria était à la recherche de quelque chose qui allait faire craquer son enveloppe de chair... Comme craquait sa voix, ce qui faisait « craquer » aussi son public, et quelque peu les opéras auxquels elle s'affrontait.

Marilyn l'a joué avant elle, sinon chanté, le grand air de la transgression : quelque chose doit craquer... *Something's got to give*.

Et même si le résultat fut excellent, peut-on imaginer aujourd'hui Marilyn jouant les grands-mères et Maria Callas, à près de quatre-vingts ans, donnant des cours de chant ?

Toutes deux ont préféré s'effacer.

XI

Cette fidélité absolue à la partition, Maria Callas l'avait aussi en amour. On ne lui connut pas d'autres liaisons, pas même d'aventures, du temps de son mariage avec Meneghini, ni du temps de son amour avec Onassis, ou même lorsqu'elle s'efforça – dernier sursaut vital – de faire couple à la ville comme à la scène avec son partenaire, le chanteur Giuseppe Di Stefano.

Maria était entière, pour se donner comme pour se reprendre.

Ce fut la grandeur de l'artiste. Sans doute aussi ce qui provoqua ses altercations et ses différends avec des directeurs de théâtre, comme celui de la Scala, à Milan.

Si elle ne chantait pas, un soir, c'est qu'elle ne pouvait pas. On la taxa d'autoritaire, de capricieuse… Des contrats furent résiliés, des projets n'eurent pas lieu…

Maria suivait son instinct, obéissait à sa volonté de donner le meilleur d'elle-même. N'était-elle pas la « prima donna » ? La « première femme », et comme elle l'a dit, la pièce maîtresse du spectacle ?

Il fallait donc qu'elle soit toujours à son meilleur ; si elle n'y était pas, toute la structure musicale coulait, coulerait avec elle, en tout cas s'en trouverait diminuée…

Cette exigence n'a pas toujours été comprise – d'autant qu'à partir d'un certain moment elle-même n'a pas pu la soutenir.

La voix humaine est un miracle, entendons par là qu'elle ne se maîtrise pas. On peut – ce qu'a fait Maria pendant des années – la cultiver, la protéger, la mettre en condition afin d'être à son top niveau, son maximum… Mais le reste est miracle, Elvira Hidalgo a confessé que ce qui sortait de Maria, alors qu'elle n'en était qu'à ses débuts, aux exercices, la subjuguait, elle, le professeur. Elle n'avait encore jamais entendu « ça », venu de personne, ni d'amateurs, ni d'élèves, ni de professionnels…

Maria finit par s'en rendre compte. Bonheur ? Angoisse ? Comment répéter à l'identique un son dont on est, à juste titre, si fière, si orgueilleuse ? Le pourra-t-on jamais ? Cela tourne à l'obsession, et tous les sacrifices paraissent légitimes tant la joie que le miracle s'accomplisse encore et encore est prodigieuse.

Mais quand le miracle n'a plus lieu ? Quel est le contraire du « miracle » ? Je ne dirais pas la vie « normale », car la vie normale, quand elle daigne se poursuivre, est en elle-même un miracle… Non, le contraire du miracle c'est le faux pas, le couac, l'inabouti, le… eh bien comme en amour le « fiasco » !

Stendhal en parle admirablement, comme de tout ce qu'il approche de sa plume légère : « S'il entre un grain de passion dans le cœur, il entre un grain de *fiasco* possible. » Autrement dit : pas d'excès !

Maria, à partir d'un certain moment de sa carrière, balançait tous les soirs entre miracle et fiasco.

L'extraordinaire – le miraculeux – c'est que le public ne lui en voulait pas : il venait pour le miracle, et lorsqu'il avait lieu pendant quelques quarts d'heure ou même sur quelques notes, il était comblé et applaudissait à tout rompre – comme autrefois.

Pour ce qui est des « couac », ils étaient oubliés. La meilleure des cuisinières, n'est-ce pas, ne réussit pas son soufflé tous les soirs, ni son ragoût, sinon on n'aurait pas le même bonheur à l'applaudir quand c'est divin !

La critique, peut-être parce qu'elle ne paye pas sa place, si je peux me permettre cette mesquinerie, n'a pas la même approche, ni la même indulgence. Elle veut la perfection tout le temps et partout. D'autant qu'elle l'obtient avec certains chanteurs, comme la Tebaldi : pas une défaillance ni une fausse note, ça c'est du travail comme on l'aime ! Et comme on peut en parler sans se déjuger dans les gazettes ou les coulisses de l'art lyrique…

Mais la Callas, désormais ! Quelle balançoire… Un jour bien, un jour mal, un acte sublime, l'autre « aux chiottes »…

À se demander comment elle ose encore se produire.

Bientôt, d'ailleurs, elle n'osa plus : après quelques répétitions solitaires au théâtre des Champs-Élysées loué exprès pour la circonstance, elle renonça à continuer. Déjà elle avait refusé bien des enregistrements qu'elle ne jugeait pas dignes d'elle… Raison, tort ? Nous ne le saurons pas puisqu'ils ont été détruits.

Tout ce qu'on sait c'est que la Callas ne voulait pas être au-dessous d'elle-même, de ce qu'elle avait été, de ce qu'elle sentait qu'elle était toujours « au fond de son âme ». Mais son âme n'avait plus de cordes vocales…

La douleur d'amour s'était révélée trop forte. La jouer, la chanter, bien qu'épuisant, passe encore – mais la vivre !

XII

– Sachez que le monde entier, madame, retient son souffle pour vous écouter chanter…

Cela n'était pas qu'un compliment (excessif comme les exigent les divas) : lorsque Maria Callas, à la fin des années cinquante, s'apprêtait à jouer l'un de ses grands rôles – Norma, la Traviata, Lucie, Médée –, en plus des privilégiés qui avaient pu se payer ou se procurer des places, par exemple à l'Opéra de Paris, tous les « aficionados » du bel canto du monde entier étaient à l'écoute…

On s'attendait à des échos, des rumeurs, des ragots… La diva allait-elle se surpasser ? Causer quelque scandale en s'interrompant comme elle l'avait fait, à Rome, devant le président de la République italienne, après le premier acte ? Rater son contre-*mi* bémol, vriller ses aigus, ou mettre en colère son partenaire en le dominant *assolutamente* ?

On dit, quand on veut la critiquer, qu'une

grande partie de la légende de Maria tient à ce qu'elle savait organiser le scandale, entretenir le suspense… Zidane jouera-t-il ou non la Coupe du monde, pour la gagner ou la perdre, voilà qui rameute les foules tout autant que la prestation du champion, et il en était de même pour la Callas.

Que va-t-elle encore « nous » faire, que va-t-il se passer ?

Un point distingue l'art lyrique des autres arts du spectacle : il est d'usage d'y exprimer sur-le-champ et à tout instant son approbation ou son écœurement ! Même dans un cadre policé comme ceux du Covent Garden, du Met, de l'Opéra Garnier, de la Scala, les amateurs se lâchent sans retenue, comme en tauromachie : enthousiasme, rejet, sifflements… Une fois, on siffla ce qu'on crut être la « claque », Maria le prit pour elle et alla s'effondrer en pleurant dans sa loge…

Curieusement ce genre de manifestation critique n'a pas lieu à l'encontre des chanteurs du show-biz, on acclame uniquement. Alors qu'à l'opéra, au cours de la même représentation le public peut huer un passage, puis applaudir une note à tout rompre, puis multiplier les rappels – ou pas… Il y a de la sauvagerie dans l'accueil de ce public qui se permet tout face à ses idoles de l'art lyrique… comme à l'égard des toreros dans l'arène…

Dans l'art tauromachique – je précise que cela n'en est pas un pour moi – on peut dire que l'élément excitant est la réalité du sang, qui coule aux yeux de tous, le plus souvent celui de la pauvre bête, du taureau. Mais là, sur la scène, alors que tout paraît formidablement policé, recréé par l'imagination, voué au « beau », décors, costumes, maquillages, chant, l'attitude déchaînée surprend…

C'est qu'en réalité quelque chose de sanglant, de meurtrier a bien lieu – la mise à mort d'une femme – et le public ne s'y trompe pas : il retourne au barbare comme au temps des jeux du cirque et de l'immolation des sorcières.

C'est pourquoi un chanteur de bel canto s'expose totalement – surtout Maria qui chantait, si l'on peut dire, « pour de vrai »… À chaque représentation, il prend déjà un risque pour son instrument : l'organe vocal qui peut « craquer » à l'improviste.

C'était particulièrement le cas de la Callas qui, après des heures de répétition à pleine voix, continuait en scène d'aller jusqu'au bout de ses possibilités – Callas l'extrême. D'où l'angoisse – qui n'était pas du trac, qu'elle reconnaissait n'avoir jamais eu. Simplement elle se demandait en même temps que le public si cette fois encore, elle allait s'en sortir. Ou pas.

Presque d'une fois sur l'autre – il y eut des périodes bénies et sans accroc – elle risquait sa réputation. Et on ne s'est pas privé de chercher à la prendre en défaut pour l'abattre. C'était de l'ordre du jeu – du jeu de massacre – et elle en était consciente : « Vous vous fabriquez des idoles, a-t-elle dit, mais c'est ensuite pour les détruire… (*to ruin them*) ».

La critique ne manquait pas de se déclarer contre elle pour peu qu'elle ait « raté » un aigu, moins donné de la voix… Car c'était toujours sur la qualité de sa voix qu'elle était attaquée, jamais sur son jeu ni sur sa technique qui restaient parfaits quoi qu'il en fût.

Devant les documents filmés où on la voit traverser des foules en délire, l'air quelque peu inquiet à certains moments, relevant son col de fourrure, cernée de gardes du corps, je me dis que c'est un bien terrible métier que celui-ci qui ne se pratique qu'en public, avec le public – ou contre lui.

Sans compter le large cercle des participants : le chef d'orchestre, les partenaires, les musiciens, les costumiers, les habilleurs, les maquilleurs, les machinistes, le souffleur, etc. – gens de tout sexe, de tout âge, de toute nationalité, de toutes mains et de tous sentiments.

Tel est le jeu, l'enjeu du bel canto. Et si je m'attarde sur cette évidence, c'est qu'il en est si différemment de l'écriture… Je n'apprends rien à personne en disant que l'on n'écrit que dans la solitude, de préférence complète. On a souvent interrogé les écrivains contemporains, grands et petits, sur leurs manies de travail. Toutefois nous connaissons mal celles de leurs prédécesseurs : si l'on sait que Montaigne s'isolait dans sa « librairie », qu'en est-il exactement d'Homère, de Cervantès, de Rimbaud ?

Proust se calfeutrait dans les murs couverts de liège de sa chambre à coucher ; George Sand, si entourée, se réfugiait dans les heures blêmes de la nuit ; Simenon se prenait une chambre à l'hôtel... Quelques-uns, Beauvoir, Prévert, Nathalie Sarraute, arrivaient à écrire en public, dans les cafés, mais c'était parmi des indifférents...

Pour ce qui est de ma modeste contribution, je sais d'expérience que je ne peux écrire qu'aux premières heures du matin, afin de me sentir seule, et dans une maison – quand c'est possible – vide. Il n'y a que le chien couché sous ma table qui ne me gêne pas... Dès que les autres se réveillent, je perds de ma concentration.

Le fait est qu'on ne crée pas de l'écriture face à ceux qui vont la consommer ! Ce n'est pas « exprès », c'est qu'on n'y parvient pas – alors que même les peintres arrivent à peindre en public, dans la rue, face à leur modèle... Nous, c'est seul ou rien. Quel avantage cela donne, de rester seul, quelle liberté de travailler ou non, quelle échappatoire au stress !

On peut se permettre de raturer, déchirer, mettre au panier, se relire tout haut, tel Flaubert dans son « beugloir » et décider qu'on ne publiera pas, renoncer tout simplement, c'est merveilleux. Et personne, lorsqu'on sort de sa chambre, n'est en mesure de vous dire que vous n'êtes plus bon à rien, sur le déclin…

Serait-ce le cas qu'on ne l'apprendra que plus tard, avec recul : du fait du tirage, de la vente ! Et si ça ne marche vraiment pas, ou moins, on peut alors se consoler en se disant qu'il y a « malentendu », que les gens n'y comprennent rien, du moins les contemporains. En somme il y a toujours, pour un écrivain, moyen de tirer son épingle (sa plume) du jeu.

Pas pour un chanteur. Maria, à chaque spectacle, était immédiatement confrontée à la vie, à la mort…

D'autant qu'à chaque représentation elle affrontait un public composé d'experts. Ou se croyant tels. Sans compter la meute des rivaux : il y a déjà les partenaires – on ne compte pas les crises de jalousie de l'un ou de l'autre à cause d'une note tenue trop longtemps ou trop bien réussie… Quant à ceux qui n'étaient pas physiquement présents, ils l'étaient dans l'esprit du public, lequel comparait sans cesse la Callas à celles qui l'avaient précédée dans le rôle, ou qui le tenaient encore aujourd'hui, peut-être le soir même, ailleurs… La Tebaldi était meilleure dans ce passage-là, une autre plus émouvante, on pouvait préférer telle ou telle interprétation… Et pour ce qui est des gloires passées, comment se comportait dans ce rôle la Malibran – ou la Pasta ?

Le pire étant qu'on la comparait aussi – c'était fatal – à elle-même !

Concours impitoyable, tous les soirs renouvelés. La Callas devait gagner aux points et aux poings comme un boxeur… Elle finit par s'en apercevoir et s'en plaindre, il y avait deux personnes en elle : Maria, qui tentait de mener une vie de femme « normale » – n'était-elle pas mariée, faisant parfois la cuisine, gérant sa maison ? –, et cette autre dite « la Callas », qui avait pour fonction de se montrer surnaturelle, surhumaine. Extrême.

Quand elle a rencontré Onassis, Maria a-t-elle espéré pouvoir enfin se débarrasser de cette succube, cette sangsue qui buvait toute son énergie, aspirait son sang ? C'est ce qui peut expliquer – non pas justifier, personne n'a jamais rien à justifier, chacun faisant de son mieux avec ce qu'il a – qu'elle ait pu préférer l'armateur milliardaire à son art. Choisir, peut-être, pour une fois, Maria contre Callas…

Et cela a marché, du moins pendant quelques années – leur liaison dura huit ans. À voir les films, les photos de ses voyages, des croisières avec son amant à ses côtés, on peut penser que Maria est heureuse.

Ne l'avait-elle pas mérité ?

En revanche le public, celui qui disait l'adorer, était mécontent. Voilà qu'on lui avait dérobé sa

« bête à émotion ». Sacré Onassis... Et lorsqu'il la quitta pour l'Américaine, peut-être y eut-il chez certains comme une sorte d'espoir : ils allaient la récupérer, leur diva, le Grec la leur rendait...

Reste qu'elle n'était pas intacte. Ne serait plus jamais comme avant car la grande Callas, celle qui avait été au sommet de son art et de son chant, c'était la Callas désirante, celle d'avant Onassis, la femme qui aspirait à l'amour, ne l'avait pas vraiment rencontré et le clamait à pleins poumons.

Toute l'intensité qu'elle mettait dans ses rôles de femmes déchirées et déchirantes ne ressemblait-elle pas à un appel ? L'appel fut entendu, elle rencontra le grand amour, en tout cas quelque chose qui y ressemblait diablement... On se souvient de la phrase d'Oscar Wilde : « Les dieux exaucent les désirs des humains qu'ils veulent perdre... »

Après la rupture, quand Maria Callas se présenta à nouveau devant le public, si la volonté la soutenait, la voix n'y était plus. Elle avait perdu l'envie de chanter à la façon enchanteresse et pathétique de la sirène qui cherche à attirer et à séduire Ulysse... Inutile, puisqu'elle y était parvenue, n'est-ce pas, et qu'elle connaissait la fin de l'histoire : la trahison, l'abandon...

Simone de Beauvoir a écrit dans ses *Mémoires* : « J'ai été flouée... » Maria Callas pouvait en dire autant : fin du rêve... N'empêche qu'auparavant, et pour l'éternité comme tout ce qui a été vécu, elle en a eu du bonheur, et de la satisfaction…

Dans l'extrême, là aussi.

En 1960, elle confie à un ami grec : « C'est merveilleux d'être heureuse et de le savoir. »

XIII

« Paroles, paroles », chante si mélancoliquement Dalida à l'homme qui veut lui parler d'amour…

N'auraient-elles que si peu de vérité, ces paroles inspirées par le désir de séduire ?

Pourtant j'aimerais avoir entendu celles qu'ont échangé Ari et Maria, les futurs amants, au cours de leurs premières nuits solitaires sur le pont du *Christina O* – ce bâtiment de cinq étages, devenu mythique à l'égal du *Phocea* qu'avait armé Bernard Tapie, ou du *Créole*, grand voilier qui faisait la fierté de l'autre armateur milliardaire, Niarchos, et qui fut témoin de tant de drames…

Peut-on dire que le *Christina O* fut également le théâtre de tragédies alors qu'il traçait ses routes luxueuses sur la mer ? De mondanités, sûrement, puisque Onassis y reçut tout aussi bien Marilyn Monroe que les princes de Monaco, Winston et Lady Churchill, Greta Garbo, Lee Radziwill, le couple des Kennedy, puis Jackie seule, et aussi, surtout, la Callas…

Laquelle, quelques mois après cette première traversée, a divorcé rapidement – comme le font souvent les femmes amoureuses – afin de pouvoir naviguer en toute liberté en compagnie de celui qui venait de prendre la barre de son existence.

De cette vie à bord du *Christina*, faite de longues ou courtes traversées, d'escales enchanteresses, sur des plages le plus souvent désertes ou sur l'île de Skorpios, en somme de ce périple du bonheur qui dura près de huit ans, nous ne savons pas grand-chose.

Ces années-là furent silencieuses bien qu'entrecoupées de récitals, de reprises des grands rôles de l'opéra, mais on peut penser que Maria n'avait plus vraiment envie de chanter, sauf pour faire plaisir à son nouveau maître, complaire à son avidité d'éblouir.

Car Aristote Onassis était perpétuellement tendu par une ambition immense, « à la corse », bien qu'il fût grec.

On aurait envie de leur dire, à lui comme à Napoléon : « Ça y est, vous avez atteint un sommet, restez-en là, profitez-en, vous avez le droit et les moyens de vous reposer... Jouissez un peu de la vie que vous vous êtes faite... »

Peine perdue, il leur faut autre chose d'encore plus fort, de plus grand, de plus « impossible ». Un désir de compétition les ronge, le besoin de gagner sur l'autre, l'adversaire, le frère rival : déjà le *Christina* était plus grand et plus somptueux que le *Créole*, le voilier du rival Niarchos. Et Aristote avait épousé la plus jolie et la plus jeune – seize ans – des sœurs Livanos, Tina, celle qu'ils se disputaient, Niarchos et lui, première victoire.

Et puis il y eut Maria – autre défi ! La diva était une star sans égale dans son domaine. Il n'en existait aucune que Niarchos aurait pu lui opposer… Et celle-là, elle était à lui, Onassis, bien à lui.

C'est alors qu'Onassis accepta de divorcer de Tina qui alléguait qu'elle était « trompée ». Allait-il reprendre sa vie de corsaire ? Épouser Maria ? Sans doute l'espérait-elle ardemment… En fait il se passa un phénomène étrange et assez peu commenté : Niarchos, devenu veuf – Eugénie, sa femme, était décédée dans des circonstances demeurées suspectes et qui un temps le firent accuser de meurtre –, se remaria avec Tina Livanos divorcée d'Aristote !

Ce qui s'est passé dans la tête de Tina, prenant la place de sa sœur morte, on ne le sait trop, là aussi… Ces Grecs ! Mais on ne sait pas non plus ce que put bien ressentir Onassis en voyant que son rival s'attribuait son ex-épouse et devenait ainsi le beau-père de ses enfants, Alexandre et Christina…

Est-ce alors qu'il eut l'idée saugrenue, démoniaque, de courtiser et d'épouser la veuve du président des États-Unis ?

On rapporte qu'il n'y croyait pas vraiment, à ce mariage – mais Jackie s'y attela et se chargea elle-même de convaincre les Kennedy de la laisser faire… Elle avait besoin de « protection », celle que peut seul offrir un homme super riche. Sans compter que souffler son amant à Maria Callas, la « divine », ne manquait pas d'attrait pour quelqu'un qui avait été trompée avec Marilyn Monroe ! Il n'y a pas de « petites revanches », il y a *la* revanche…

Pour ce qui est des « batailles de dames », c'était, même posthume, un coup de maître.

En dehors du père des Atrides, aucun romancier, s'il inventait cette intrigue, ne serait crédible auprès du public… Mais la vie se joue des romanciers qui s'essoufflent à courir derrière elle…

Reste qu'Onassis, de son côté, s'est joué de Maria Callas. Après l'avoir « compromise » – c'est le mot, même s'il peut paraître aujourd'hui démodé – aux yeux du monde entier, il la relègue pour en épouser une autre, plus jeune, aussi belle, tout aussi célèbre, si ce n'est plus…

Il y eut des scènes féroces, sur le *Christina O* et ailleurs : Maria avait de la voix ! Ce qui s'est dit ? Tous deux, paraît-il, maniaient l'injure à l'égal des Grecs des rues d'Athènes…

Quel concert que celui-là ! Puis Maria récupéra sa dignité, ses chiens, ses valises, et partit.

Pour ne jamais revenir. La femme trompée, abandonnée, demeura sourde aux appels renouvelés du vieux lion, de l'éternel séducteur, lorsque blessé, meurtri, malade, ayant compris que le jeu n'en valait pas la chandelle, il chercha à la revoir, la récupérer ; afin de se faire dorloter, d'être câliné, soigné par elle – avant de mourir. Dans l'espoir, peut-être, qu'avec elle à ses côtés, il guérirait.

N'avait-il pas commencé des démarches, difficiles, coûteuses, pour divorcer de Jackie qui – moyennant finance – ne disait pas non ? Après essai, l'île de Skorpios, décidément, ne valait pas Manhattan, Long Island, ni aucun des lieux familiers aux Kennedy. Des aristocrates à côté d'Onassis…

Tout aurait pu « s'arranger », en tout cas se terminer d'une façon honorable, presque tendre, si Maria l'avait voulu. Si elle avait accepté de revenir en arrière.

Est-ce que les héroïnes de l'opéra reviennent en arrière ? Celles de l'opéra-comique, peut-être, mais pas celles de l'opéra lyrique… Celles-là vont tout droit, triomphalement, vers la mort, car c'est ce qu'attend le public depuis le début, ce qui lui paraît beau, ce qui permet de conclure d'une façon « morale » une histoire le plus souvent scandaleuse. L'une, Violetta, est une ancienne prostituée ; l'autre, Isolde, trompe son futur mari avec le neveu de celui-ci ; une autre encore, Lucie, tue son époux le soir de leurs noces… Ces épisodes exigent une fin morale, comme celle de tous les bons polars.

Et Maria, si elle revit quelquefois son Ari, ne se laissa jamais convaincre de reprendre la vie commune…

On rapporte qu'au cours d'une scène de ménage elle refusa à Onassis l'accès à son appartement de l'avenue Georges-Mandel, dont il faisait le siège, en l'injuriant en grec par la fenêtre…

Ce n'était pas le genre du quartier et l'incident fit date.

Plus tard, lorsqu'il fut hospitalisé à l'Hôpital américain de Neuilly, l'occasion de se réconcilier et de pardonner fut manquée. Maria ne put que lui téléphoner. Sa fille Christina, qui n'avait jamais vraiment encaissé la Callas, la remplaçante de sa mère, faisait barrage et aussi celle qui légalement était encore sa femme, même si elle se trouvait aux États-Unis, d'où elle ne revint que pour les funérailles – et l'ouverture du testament –, Jackie Kennedy.

La « vieille maîtresse » n'eut pas le droit de revoir une dernière fois « l'homme de sa vie », comme elle le nommait. (Certains prétendent qu'elle y parvint quand même – non confirmé.)

Là aussi, que furent leurs dernières paroles au téléphone ? « Souviens-toi » ? « Pardonne-moi » ? « Tu vas guérir, je t'attends… » « À bientôt, à toujours… » ?

Pour imaginer leurs ultimes échanges, mieux vaut s'en remettre à l'opéra où tout est formulé avec insistance et clarté… Se référer à toutes ces belles phrases que Maria connaissait par cœur et qui devaient, par moments, lui monter aux lèvres comme si elles étaient siennes, tant elle en était habitée, infestée.

À propos, que dit l'opéra sur la séparation fatale des amants ? Qu'elle est l'antichambre d'une mort annoncée. Parfois souhaitée.

XIV

Parmi les satisfactions intimes de Mme Maria Callas, il est indéniable qu'on peut compter – comme pour toutes les femmes – celles concernant son physique. Et ses parures.

On omet souvent d'en parler lorsqu'il s'agit des stars, ou de ces stars à rayonnement plus privé que sont les très belles femmes. J'en ai eu dans ma proche famille : ma tante paternelle, déjà, et j'ai pu constater à quel point cette beauté, dont on lui parlait sans cesse, a dominé sa vie jusqu'à son dernier jour, à quatre-vingt-dix ans. Ce qui ne signifie pas qu'elle ait contribué à la lui rendre plus facile : en fait, être belle est souvent une charge…

Déjà se réveiller le matin et se regarder dans la glace pour voir où l'on en est ce jour-là – car si la forme se sent, la beauté ne se sent pas – devient un réflexe qui n'apporte pas que des satisfactions : peu de femmes se plaisent – même parmi les beautés les plus incontestables. D'où le mal qu'elles se donnent pour paraître à leur avantage…

Et Maria s'est souvent plainte de son physique, déjà du temps où elle se trouvait trop grosse. Il y avait alors de quoi : elle est passée de 90 kilos à 78, puis à 68 et à moins encore.

Toutefois, je veux croire qu'à partir du moment où sa silhouette a commencé à lui paraître digne de celle de son modèle – laquelle était, tenez-vous bien, Audrey Hepburn – elle s'en est réjouie, que ce soit sur la balance ou devant son miroir.

On rapporte – et il a bien fallu qu'elle s'en vante pour qu'on le sache – qu'à un moment donné elle avait 51 cm de tour de taille, d'où le port de robes ajustées, ceinturées, ce qu'aucune autre diva ne semble pouvoir se permettre. La Tebaldi, Montserrat Caballe, Elisabeth Schwarzkopf n'ont pas les mêmes mensurations… Oui, il y eut cette période faste où la grosse boulotte pouvait rendre des points, côté silhouette, aux plus jolies femmes de la « jet-set », comme à bien des top models. Plaisir délectable, non ?

Pour ma part, j'ai eu 55 cm de tour de taille et je peux dire qu'à ce moment-là, vivant avec un centimètre de couturière à la main, je ne manquais pas de m'exhiber dans des robes de guêpe, rajoutant des œillets à mes ceintures quand elles n'en comportaient pas assez…

Futile ? Savoir qu'on a quelque chose de jugé « enviable » par l'ensemble de ses rivales poten-

Tutoyer la gloire ne suffit à personne…

Evangelia, sa mère ; Maria, sa sœur aînée Jackie
et son père George.

Près de 100 kilos…

… puis 51
de tour de taille.

Sorti de sa gangue
de graisse, le corps
de Maria se révéla
sublime.

À Venise, avec Battista Meneghini, son mari pygmalion.

Un couple sans problèmes, une épouse fidèle…

Luchino Visconti. « Personne ne pourra jamais l'imiter », disait-il.

Médée. Ces grands lacs noirs, soulignés de noir…

Dirigée par Visconti, dans *La Vestale*, à la Scala, en 1954.

Norma. L'ampleur du geste. Une partie du mythe…

Son modèle ?
Audrey Hepburn.

La *diva assoluta*…

« Ne bouge jamais une main sans la suivre de l'esprit, de l'âme… »

Meneghini et Onassis,
Un de trop ! Lequel ?
Maria fera son choix…

Soudain, ce fut l'amour.

Une de ses satisfactions intimes : les bijoux.

Les deux Grecs les plus célèbres du monde.

Winston Churchill : un des premiers témoins de leur idylle.

La diva la plus entourée de la planète…

… finira seule avec son chien.

Mourir d'amour…

tielles vous donne de l'assurance. Vous aide à « affronter » les regards.

C'est lorsque vous commencez à le perdre, cet avantage, que vous découvrez qu'il s'agissait moins d'une vanité que d'une protection. « Une arme », dit mon amie Nelly, chirurgienne esthétique renommée qui travaille toute la journée sur le rapport complexe qu'entretiennent les femmes avec leur image. Ne pas se plaire à soi-même est source de déprime, d'affaiblissement – à l'inverse quel renforcement de soi que se sentir belle, s'avouer qu'on l'est ! En somme qu'on se plaît…

Les femmes en parlent peu tant elles ont peur de se faire traiter de prétentieuses. Les plus belles, les stars du cinéma, ont même la manie de dire qu'elles ne trouvent à leur goût ni leur nez, ni leur bouche, ni leur silhouette, de crainte de se faire traiter de « coquettes » comme lorsqu'elles étaient petites !

D'où, sans doute, la modestie de la Callas quand il lui est arrivé de s'exprimer sur son physique, dont je suis convaincue qu'elle tirait toute sorte de satisfaction… Le temps que ça a duré.

Car si elle a conservé jusqu'au bout son admirable visage de tragédienne, après sa rupture avec Onassis, elle s'est mise à regrossir, travaillant moins, mangeant plus, et à s'en plaindre : elle surveillait la balance, parlait de faire un régime… Cela n'arrange pas les choses que s'aimer moins quand on pense ne plus l'être.

Mais revenons aux temps de la somptuosité, ceux qu'ont immortalisés des milliers de photos prises sur scène, dans la rue, dans les restaurants, les salons, sur le pont des navires : en plus du visage qu'elle avait fini par se créer, Maria bénéficiait d'une cargaison de robes et de bijoux. Les toilettes, du jour comme du soir, venaient de chez les plus grands couturiers et les bijoux de prix étaient uniques. (Certaines des plus belles pièces ont été vendues, d'autres sont revenues à sa sœur, son héritière.)

Il existe un lien particulier entre une femme et ses bijoux, qu'elle les ait achetés elle-même ou qu'un homme aimant les lui ait offerts. (On dit qu'après son premier séjour sur le *Christina*, Onassis offrit à Jackie Kennedy un collier de saphirs et diamants qui l'enchanta…)

Les plus sentimentales d'entre nous se souviennent toutes du petit écrin glissé sous une serviette de table, ou tiré d'une poche masculine à un moment stratégique : « Ouvre, c'est pour toi… »

Joie scintillante.

Pouvoir se dire – sauf s'il s'agit d'un cadeau d'adieu – que, quel que soit le prix de cette joaillerie, aux yeux de qui vous l'offre vous valez mieux qu'elle… Et si elle contribue à vous parer et vous embellir, c'est surtout vous qui la mettez en valeur !

Les plus beaux bijoux ont une histoire, le collier de Marie-Antoinette, les aiguillettes de diamants d'Anne d'Autriche, les bijoux de la Couronne d'Angleterre, les innombrables cadeaux que fit le duc de Windsor à sa duchesse, ceux que portait – si bien – Diana, et tant d'autres…

Maria Callas aimait exhiber des parures complètes : collier, bracelet, boucles d'oreilles, clip… Un ensemble difficile à porter car cette « batterie » peut faire lourd. Mais quelle riche décoration !

Et la Callas pouvait se le permettre car ce qui était mis en évidence, lorsqu'elle était ainsi ornée, c'était moins les pierreries que ses yeux, ses dents, son sourire… La Callas était plus forte que ses bijoux.

Voilà qui ne devait pas lui échapper – elle était trop femme et si artiste – et qui ne pouvait que la réjouir. Dans une lettre à son mari, alors qu'elle était à Mexico, elle parle de ses diamants qui restent « au coffre de l'hôtel », vu le peu d'occasions qu'elle a, solitaire, de les sortir… Mais ils sont là, elle le sait.

Beaucoup de femmes sont heureuses de savoir qu'elles ont des bijoux au coffre – celui de la banque, ou de l'hôtel, ou de la maison – même si elles ne les portent pas… Cela me fait penser à l'Aga Khan, alors souverain des Indes, à qui l'on offrait son poids – il montait réellement sur une balance – en or et en pierres précieuses…

Une femme peut avoir le sentiment de ce qu'elle « pèse » en fonction de la richesse et de l'abondance de la joaillerie en sa possession, même si elle ne la sort pas ou peu souvent.

La bijouterie de la Callas était étincelante. Elle en parlait peu, mais rares sont les femmes qui s'en vantent – alors qu'elles n'hésitent à évoquer leurs robes et leurs nombreuses paires de chaussures. En revanche ce signe de « richesse extérieure », le bijou, est mal vu, fait nouveau riche, peut se révéler dangereux – mais on s'en rengorge et on les caresse dans l'intimité, ces beautés, quand on est seule chez soi, dans sa chambre, sa salle de bains… Les essayant à profusion afin de décider lesquels on va arborer, ce soir, avec la robe vert Nil ou le tailleur du soir violine ?

Je me souviens d'une très jeune femme – étrangement la scène a eu lieu non loin du 36, avenue Georges-Mandel, dans le hall d'un somptueux immeuble. Elle venait d'épouser l'héritier d'une famille riche et qui l'est toujours, elle a agité un petit coffre à bijoux, qui tintinnabulait, devant moi et une amie : « Il est déjà bien rempli ! » nous a-t-elle lancé les yeux brillants.

Je l'ai trouvée un peu ridicule, manquant de tact en tout cas – nous étions moins nanties – et en même temps, quelque part, la jalousie a montré le bout de son nez…

Maria Callas a dû en faire des jalouses – ce qui n'a pas profité à sa réputation. Belle, mince, embijoutée comme une reine, n'était-ce pas un peu trop pour une seule femme ? Sans compter qu'elle avait sa voix, sa gloire, son public… Et bientôt l'un des hommes les plus riches de la planète à ses pieds.

Moi je lui dis, où qu'elle soit : « Tu as bien fait d'en profiter, rien n'était trop beau pour toi, étant donné le bonheur – unique – que tu as donné aux autres… »

Pas seulement par son chant mais aussi par sa beauté, son élégance, qui ne sont pas que pour soi, loin de là, mais représentent avant tout un don que l'on fait aux autres, sans qu'ils vous en aient beaucoup de reconnaissance.

Heureusement, il nous reste les photos, celles de la Callas, surmontée de ses hauts chignons, ou sous ses chapeaux, portant de longs gants de peau très fine qui ne dissimulent pas ses célèbres mains mais contribuent à les mettre en valeur – comme les colliers au cou, les pendentifs aux oreilles…

À propos, qui les porte aujourd'hui, et dans quel état d'esprit : émotion, indifférence ? C'est ce que je reproche aux bijoux : ils nous quittent – parfois de notre vivant, en tous les cas nous survivent… Où sont passés ceux de Lady Di, de la duchesse de Windsor ? Et ceux de Chanel qui n'étaient pas mal non plus ?

Les bijoux sont des prêts provisoires que nous fait la terre, dont provient leur matériau, en attendant qu'elle nous les reprenne et nous ronge alors jusqu'à l'os… Profitons-en le temps que ça dure – portez vos bijoux, mesdames, ne vous privez pas de ce plaisir de reine, ne les abandonnez pas dans des coffres où ils s'ennuient, se ternissent en attendant vos héritiers…

Maria Callas a su être généreuse, pas seulement de sa voix mais de ce qu'elle pouvait montrer d'elle – ce qui n'est pas le cas de toutes les belles femmes qui jouent parfois à s'enlaidir exprès. Elle a fait rayonner, presque autant que sa voix, la souveraineté de son apparence.

Alors qu'elle avait trente-six ans et se trouvait au sommet de sa beauté et de son prestige, elle s'est servie des deux – son physique et son art – pour s'attacher un homme plutôt gâté sur le plan des femmes.

Au fait, au tout commencement, de Maria ou d'Ari, qui le premier a séduit l'autre ?

XV

Le vrai mystère, somme toute, c'est le corps. Ce qu'il recèle de forces de vie, de mort, de décomposition, de mutation… Qu'est-ce qui a permis à la grosse boulotte de se transformer en sylphide, en l'incarnation vivante de la figure du deuil ? De la folie, de la violence, du remords ?

Médée, l'infanticide, Lucia la folle, Tosca la meurtrière par amour, toutes ont désormais le visage d'eau-forte de la Callas.

Étrangement, elle a inspiré chaque photographe qui a eu le privilège de l'approcher, mais peu de peintres et de dessinateurs… Sans doute ces interprètes du réel, ces transformistes du vivant ne voyaient-ils pas ce qu'ils pouvaient rajouter à une telle intensité, à ce qu'elle était parvenue à tirer sans eux d'elle-même. La représenter, celle-là, c'était forcément l'affadir…

Un cinéaste toutefois l'a captée, pour transmettre à ceux qui ne l'ont pas vue sur scène quelque chose de son magnétisme. Le seul à avoir eu cette obstination et cette audace, c'est Pier Paolo Pasolini, l'homosexuel. Entre eux, ce fut un coup de foudre, toutefois une liaison ordinaire n'est guère vraisemblable bien qu'on les ait vus s'embrasser sur la bouche – une exhibition rare chez Maria – en juillet 1969, en Cappadoce, au cœur de la fournaise.

Car c'en fut une que ce tournage de *Médée*, en Grèce, par une chaleur exorbitante. Maria tenait le coup, ne lâchant pas sous le poids prodigieux de costumes surchargés.

On dit qu'il n'est pas bon pour le souffle d'une chanteuse qu'elle ait à se plier en deux, se contorsionner, se livrer à quelque geste que ce soit qui puisse réduire l'ampleur nécessaire de sa cage thoracique en action. D'ailleurs, l'image que nous conservons des chanteuses d'opéra est plutôt rigide : droites comme des Walkyries dans leur armure non de métal mais de muscles…

Maria refusa cette limitation, elle déclara à Pasolini qu'elle voulait avoir la gestuelle qu'il aurait demandée à une actrice qui n'aurait pas chanté en même temps qu'elle jouait.

Effort énorme, exploit dont Maria se tira avec sa maestria qu'on peut dire ordinaire. Car Maria ramenait tout – surtout l'impossible – à l'ordinaire…

Dans ses *master classes*, elle expliquait à ses élèves ainsi qu'à tous ceux, dont les grands du spectacle, qui se pressaient pour l'entendre (parmi lesquels Franco Zeffirelli, Lilian Gish, Elisabeth Schwarzkopf, Barbara Hendricks) que s'il faut se contraindre à surmonter une par une les difficultés du chant, c'est pour pouvoir donner, quand on est sur scène, l'impression d'une totale légèreté… Les plus grands champions sportifs, comme les gymnastes, les coureurs, les sauteurs, de même que les danseurs étoiles, les patineurs de premier plan, offrent avant tout cette divine impression de facilité… Contrairement à leurs rivaux.

Tout paraît alors simple, la vie aussi, peut-être, et c'est en cela que réside le bonheur premier du spectateur : il se lâche, à l'imitation de l'artiste…

Il en est de même dans le domaine du style : les plus grands écrivains semblent écrire d'un jet, comme s'ils nous parlaient, d'Homère à Shakespeare, de Stendhal à Balzac, à Dumas, à Céline…

Impossible de les imaginer raturant, scribouillant… Non, ils volent sans effort, emportés par leur phrasé, comme Callas semblait avoir des ailes lorsqu'elle chantait ou Noureev lorsqu'il dansait.

Et sans doute est-ce pour parvenir à ne plus être qu'essentiel que son corps – fût-ce suite à des régimes ou plus magiquement encore pour obéir à son désir, à l'image rêvée qu'elle voulait donner d'elle-même – devint spectral. Réduit à quelques traits, les plus forts, les yeux, le nez, la bouche, les cheveux, les mains, les os… Un signifiant de femme qui enchantait les couturiers…

Comment était-il, nu, ce corps réduit à l'essentiel ? Aucune image photographiée, filmée, ne nous le rend vraiment, une ou deux photos d'amateur en maillot de bain, peut-être… La pudeur de Maria venait-elle d'une timidité ou d'un orgueil de souveraine ?

Nous n'avons pas de « nu » non plus de la reine d'Angleterre, même jeunette… Seules les starlettes et les stars à leur début dévoilent fièrement leur anatomie. Maria Callas se livrait à un autre genre de strip-tease beaucoup plus dangereux, impressionnant, et définitif : elle dévoilait son âme.

Le plus étonnant, c'est qu'elle en avait conscience. Non du péril, mais de ce qu'elle donnait. Il suffit de lire les textes, en forme d'aveux et de recommandations, qui accompagnent la publication de ses *Leçons de chant*.

Une phrase en particulier me frappe : « Ne bouge jamais une main sans la suivre de l'esprit, de l'âme… »

Elvira de Hidalgo, dit-elle, lui avait également appris à « bouger en une ligne continue », ce qui est le secret même de la danse. Et aussi de l'amour : quand on aime quelqu'un « pour de vrai », comme disent les enfants, tout geste, toute pensée vers lui doivent être accompagnés en continu par l'élan de l'âme.

Tout grand acteur pratique cet accompagnement de chaque geste, chaque parole et s'y livre d'instinct – rien de machinal ou de mécanique, fût-ce avec une technique parfaite. Les grands politiques aussi – mais y en a-t-il encore ? C'était le cas, sûrement, des prédicateurs d'antan, des saints et des prêcheurs qui ont emporté les foules vers les sommets de la spiritualité.

Appelée à la rescousse, l'âme « pousse » vers l'au-delà, vers l'origine.

Maria – et comme elle n'a pas fait de psychanalyse on ne peut savoir d'où ce besoin lui venait – a travaillé à retrouver dans chaque opéra « l'intention » première du compositeur. Pour ne pas la trahir, mais surtout pour l'exprimer au plus juste, à une note, une syllabe près. Pour retrouver, comme elle disait, « la musique sous les notes »...

Ce qu'elle enseigne ainsi est extraordinaire, pour ne pas dire terrifiant par ce qu'on y sent d'exigence d'absolu et de soumission au maître, au créateur.

Aujourd'hui, où le premier metteur en scène venu n'a qu'une idée : faire « siens » les chefs-d'œuvre de la scène, de Racine à Musset, de Molière à Shakespeare, de Marivaux à Jarry, que d'interprétations biscornues, burlesques, qui se veulent personnelles et qui ne sont, en fait, que des trahisons. Des « malentendus », au sens propre du terme. Des diminutions de l'œuvre originelle, des pas de côté, des mises non en forme mais en ridicule…

La critique s'en doute un peu, toutefois hésite à condamner, car elle ne sait pas au nom de quoi elle le ferait ! Ne sommes-nous pas dans une époque où chacun s'arroge la liberté de toucher à tout, en « taggant » tout ce qui passe à portée, sous le prétexte que chacun a bien le droit de s'exprimer fût-ce en tatouant la peau d'autrui ?

Maria était d'une autre espèce : avant tout elle rendait à César – au créateur – ce qui lui appartenait. C'était son ambition première ; pour ce qui est d'elle, il lui semblait qu'elle n'avait rien à ajouter, qu'elle devait seulement rester dans la fidélité absolue.

Peut-on donner des leçons de génie ? Si oui, Maria Callas l'a fait dans ces remarquables *Leçons de chant* administrées (pendant quelques mois, de 1971 à 1972) à la Julliard School de New York.

Cet enseignement vaut pour son art – l'opéra – mais également pour tous les arts d'interprétation. Et pour ce que nous faisons, jour après jour, dans notre vie : que sommes-nous d'autre, après tout, que des interprètes – plus ou moins humbles, plus ou moins doués ou magnifiques – du chant du monde ?

*
* *

Ah s'il pouvait y avoir, chez tous les « maîtres », tous les découvreurs, les créateurs, (cela arrive parfois, heureusement), ce généreux besoin d'enseigner son art et ses apprentissages qui se saisit de Maria Callas, dans les années 1971-1972…

Certes, n'étant pas cantatrice, je ne suis pas en mesure d'apprécier ce que cette succession de conseils, de commentaires presque note à note des partitions peut encore aujourd'hui apporter à des élèves, des aspirants au bel canto… Ce que j'en tire, comme s'en régalerait n'importe quel lecteur curieux, c'est qu'en nous parlant « chant », Maria Callas nous parle aussi d'elle-même, et de sa façon de concevoir la vie. En fait, c'est une leçon sur la musique de l'existence qu'elle nous donne et qui a été minutieusement retranscrite et publiée, en particulier par John Ardoin.

Un prologue – et un épilogue – de Maria Callas elle-même donnent le ton : *Il ne suffit pas seulement d'avoir une belle voix, cette voix il faut la mettre en mille morceaux pour qu'elle devienne capable de servir les besoins de la musique, de l'expression.*

L'essentiel de l'enseignement qui va suivre est professé là : se « casser soi-même » – personne ne naît tout armé –, « servir la musique » – au lieu de se servir soi d'abord – et favoriser « l'expression », ce qui signifie, pour Maria : respecter l'intention du compositeur et la rendre parfaitement compréhensible au spectateur. Sans chercher à l'enjoliver, ce qui risque de lui donner du flou et de l'alourdir.

Défilent alors, partition après partition, les secrets de ce grand art que fut celui de la Divina. Ils sont tous le fruit d'une longue expérience et d'une observation sévère et précise de ce qui « marche », quand on chante l'opéra, de ce qui permet d'aller loin, plus loin, et de ce qui ne peut que vous freiner jusqu'à vous stopper.

Sur le chemin de l'art comme sur celui de la réussite dans la vie.

J'aimerais tout citer, mais ce serait refaire le livre d'Ardoin. Je vais me contenter des quelques remarques, aphorismes, déclarations qui me sont allés droit au cœur ou m'ont éblouie. L'éblouissement, c'est ce sentiment que l'on a d'être, soudain, enfin, dans la lumière d'une vérité. De la vérité. La sienne aussi bien.

Si lourd que soit un rôle, il faut garder la voix légère.

Dans la vie courante, cela s'appelle l'élégance…

N'oubliez pas, la voix est le premier instrument de l'orchestre.

Les mots, la parole, sont ce qui nous distingue les uns des autres, ce qui fait vivre, ou mourir…

Tout ce que l'on fait doit avoir une justification. La musique est tellement colossale, si vous ne savez pas ce que vous faites, elle vous mettra dans un état d'angoisse et de torture permanent.

Quand un collègue chante avec toi, réagis

comme si tu entendais ce qu'il dit pour la première fois.

Vrai pour le théâtre et aussi pour ce qui est de séduire et s'attacher quelqu'un…

Tout doit être mesuré, il ne faut pas tenir stupidement une note aiguë.

Pas plus que dans les engueulades, les disputes, et les plaidoiries, si l'on veut être efficace.

J'ai obtenu mes premiers rôles en chantant ceux pour lesquels on ne trouvait personne d'autre.

Cette humilité, qui est de l'orgueil, a été pratiquée, à ma connaissance, par les plus « grands », que ce soit en politique, en art, dans la couture, l'édition (Jérôme Lindon me disant au début de sa carrière : « J'ai pris les manuscrits refusés partout ailleurs, à commencer par Beckett… »), en sciences, en tout : le débutant accepte ce dont ceux qui croient savoir ne veulent pas et il va y faire merveille !

Il y a aussi, dans ces *Leçons de chant*, toutes sortes de recommandations sur la façon d'utiliser son souffle, pour le renforcer, l'économiser, le garder, « respirer en douce »…

D'où cette observation de John Ardoin : *Son souffle n'était pas une simple prise d'air, mais pouvait être un soupir, un rire, un grognement, un ricanement…*

Je savoure aussi, venant d'elle, l'extrême, ses mises en garde contre le « trop », trop d'agilité, de forcing : *Vous voulez faire des feux d'artifice – ou exprimer quelque chose ?*

« Exprimer », tel était le but, le souci constant, de toute note, de tout geste, chez Maria Callas : *En fait, avant d'ouvrir la bouche vous devez savoir exactement où va aller la phrase et quelle sera sa longueur…* (Bon pour tous les commentateurs et faiseurs de discours…)

Mais ce qui me touche peut-être le plus dans ces *Leçons de chant*, c'est l'analyse que fait Maria du « rôle-titre », qui presque toujours fut le sien. Pressentiment, intuition, mais on dirait qu'en parlant d'une héroïne Maria parle d'elle-même. Pour définir Norma, l'un de ses rôles favoris : *C'est une femme terrorisée*, dit-elle, *qui a beaucoup souffert, a connu l'amour et à qui on a arraché cet amour.*

Ou, pour *La Bohème* : *Quand Rodolphe commence à pleurer, vous devez le réconforter comme une mère ou une grande sœur. En mourant, Mimi n'a pour seul souci que de tout rendre plus facile pour lui, de le consoler…* (À quoi pouvait bien s'employer Maria au téléphone, parlant à Ari mourant, deux ans avant sa propre disparition, sinon à le consoler ?)

Et pour répondre à ceux qui lui ont reproché d'avoir « trois voix et plus » : *Nous devons toutes avoir des aigus et des graves.* Nous devons tout avoir… *Vous devez avoir un trille, des acciacca-*

ture, un legato : sinon ne vous prenez pas pour un chanteur.

Et moi je vous dis : si vous ne pouvez pas *tout* écrire, des articles, de la poésie, du roman, des essais, des scénarios, des nouvelles, des récits, des biographies, du théâtre, de la correspondance, alors ne vous prenez pas pour un écrivain.

L'opéra est le plus grand des arts, dit la Callas – là je lui laisse son appréciation, mais je me délecte de la suite : *L'opéra est plein de gens qui deviennent fous, mais pas tous de la même manière.*

Comment mieux parler du monde où nous vivons ?

Il y a aussi des petits conseils de « ménagère » : *Vous aurez souvent envie de tousser, mais cela disparaît quand vous chantez...*

Les si *bémol, excitants pour le public, épuisants pour le chanteur... Respirez profondément.*

Ne dominez jamais un partenaire... Le conseil valait aussi pour elle, qui l'oublia parfois !

Et j'aime qu'elle parle d'un « joli port de voix », comme on parle d'un « port de bras » dans la danse... et d'un « port de ballon » sur un stade. Car tous les arts sont proches et l'amour est un art – et un sport – comme le bonheur.

C'est pourquoi j'ai tendance à croire que Maria, qui connaissait si bien tous les secrets du beau chant, du bel canto, a été merveilleuse en amour – mais a-t-elle eu un partenaire à sa mesure ?

Un amant connaissant sur le bout des doigts le vocabulaire amoureux comme elle celui du bel canto : legato, cabalette, acciaccatura, trille, larghetto, cantabile, andante, rubato, pianissimo, etc.

Il faut que votre voix aime ces phrases, qu'elle les aime tendrement.

Oui, Maria, tel est l'essentiel de votre leçon, pour qui se donne la peine de vous entendre au-delà de votre chant : aimons tendrement ce qu'il nous est donné de faire et de vivre.

Sans compter ce qui, venu d'elle, pétrifiait le public, même si elle en parle à peine dans son enseignement : le silence. Sa façon impériale de manier le silence…

XVI

Ne jamais rien surcharger, demeurer simple et dans la mesure... Ces paroles de la Callas, la femme « trop », paraissent, à première vue, en contradiction avec la façon qu'elle avait de se vêtir, de se maquiller, non seulement à la scène, mais à la ville.

On dit aujourd'hui qu'il n'y a plus de stars, de femmes vivant en marge et comme au-dessus des autres : les nouvelles venues adorent se prodiguer en jean, quand cela n'est pas en salopette, en train de langer, cuisiner, bricoler, couchées la tête plus bas que les jambes dans des poses qui raviraient *Play-boy*, pour ne pas dire ces dames dans le bois de Boulogne, ou alors avec un gros, très gros ventre en avant...

Il n'y a plus de véritable diva. Dans son livre, justement intitulé *Diva*, Agnès Gerhards rapporte les paroles des grands chanteuses actuelles qui se résument en une seule phrase : « Hors scène, je suis une femme ordinaire... »

Je ne sais d'où vient, chez les interprètes d'aujourd'hui – actrices, chanteuses, danseuses aussi bien – ce désir d'être « ordinaires ». Alors que ce n'est pas du tout ce qu'aime et réclame le public. Le grand public qui a besoin de rêver et est reconnaissant lorsque quelqu'un lui en offre l'occasion.

Je me souviens de ce que m'a dit Bettina, qui fut l'égérie de Jacques Fath et la compagne d'Ali Khan : « Quand je dois sortir dans la rue, même pour aller acheter du pain, je m'habille avec soin, je me maquille, me parfume et je récolte des compliments… Même les chauffeurs de taxi, si j'en prends, me disent : "Quel bonheur, Madame, de vous avoir dans ma voiture, vous sentez si bon… Merci !" »

Au dernier Festival de Cannes, tout le monde – photographes blasés y compris – a adoré voir Sharon Stone changer de tenue et de coiffure trois fois par jour et faire en quelque sorte son « cinéma ». Sur les marches du palais…

Comme autrefois Marlène, Ava Gardner et même la toute jeune BB…

Quant à la reine d'Angleterre, qui vient de fêter ses cinquante ans de règne avec l'approbation populaire que l'on sait – toute l'Angleterre s'est déclarée pour la royauté –, qui a jamais songé à lui reprocher ses incessants changements de bibis, de toilettes, de couleur, et sa joaillerie prodigieuse ? Et son protocole ? (Interdit d'adresser en premier la parole à Sa Majesté.)

Maria Callas avait profondément le sens de ce qu'elle devait à la Callas. Elle l'a dit à des proches qui lui reprochaient parfois de sortir en grand tra-la-la, ne fût-ce que pour aller au restaurant : « C'est que mon public attend cela de moi... »

Je suis née dans la haute couture – fille de Marcelle Chaumont, filleule de Madeleine Vionnet – et j'ai assez respiré cet air-là, dès le berceau, pour savoir que s'habiller avec soin relève d'un sens du devoir. D'un travail. Car c'en est un que s'habiller, se maquiller, se changer, afin d'affronter les regards. Cette mise en forme de soi-même exige bien des efforts, une tâche qui est avant tout féminine. L'expression même de la féminité.

Celles qui s'y refusent coulent assez vite dans l'effacement, et s'oubliant elles-mêmes se font oublier... Je ne citerai personne mais nous en avons chacun quelque exemple en tête, fût-ce parmi nos proches, de ces hippies attardées, pour ne pas dire des souillons...

Et le signe même que Maria entrait dans son déclin, fut qu'elle abandonna peu à peu, après la mort d'Aristote Onassis, de se vêtir en Callas. Sur ses dernières photos elle apparaît comme madame tout le monde, la ménagère de cinquante ans, en cheveux, ses magnifiques yeux camouflés derrière des lunettes noires, un caniche sous le bras, sur le trottoir de l'avenue Georges-Mandel. À première vue, on pense qu'il s'agit d'une femme normale, plutôt bien conservée, mais dès qu'on comprend qu'on est devant la Callas, cela devient pathétique…

Personnellement je regrette de ne pas avoir de paroles d'elle sur l'art du costume et aussi sur celui de s'habiller. Sans doute en a-t-elle parlé, longuement, avec Pasolini pendant le tournage de *Médée*.

Là, c'était lui le maître, et elle a accepté de porter sans se plaindre un harnachement somptueux, excessif, mais qui correspondait, pour l'un comme pour l'autre, à l'image qu'ils entendaient donner de la reine assassine.

Ce vestiaire convient à l'opéra. En ce sens qu'il y a un faste à chanter sa passion, à déclamer ses sentiments, exposer en détail et à voix très haute tous les remous de son âme – et ce faste musical doit apparaître aussi dans le visible : le costume.

Sans oublier que le costume est prétexte à des gestes pour la chanteuse – les grands couturiers disent qu'ils ne créent pas des vêtements mais des gestes – et Maria, chaque fois, a su utiliser au mieux les pans de ses manteaux mais aussi l'ampleur de ses jupes, les volants de ses manches, la rigidité de ses collerettes, ou au contraire la souplesse des mousselines, sans compter la parure des chapeaux, des coiffures, agrémentées d'un ruissellement des cheveux, de fleurs, riche panoplie vestimentaire qui achevait de subjuguer le spectateur.

Afin de mieux le pénétrer de son intention qui était d'abord musicale, mais passait par le théâtre, les costumes de la Callas magnifiaient encore l'impression d'extraordinaire que donnait son chant.

Toutefois les tenues de ville de Maria étaient elles aussi excentriques. Remarquables et remarquées.

Ce qu'il y a de touchant, c'est qu'il lui fallut apprendre à s'habiller. Et Luchino Visconti, le décorateur italien, s'empressa de l'y aider. En lui faisant choisir ce qui était dans le droit fil de la mode – celle endossée par la haute société – mais qui, en même temps, portait sa marque personnelle et la mettait à l'écart, comme doit l'être une diva…

Elle commença par se tromper : à sa première sortie du *Christina*, à l'escale de Portofino, les photos la montrent dans une tenue à grosses fleurs qui aurait pu paraître charmante sur quelqu'un d'autre, mais qui était tout à fait inappropriée sur la Callas. Une erreur vite corrigée.

Elle a dit d'elle-même qu'elle était une « éponge », qu'elle absorbait tout et en faisait son profit. Après la gêne, perceptible, que lui procura cette mauvaise donne, elle n'en fit plus… S'adonnant au noir, aux fourreaux, aux plus luxueuses des fourrures, la zibeline, le chinchilla, le tout rehaussé de bijoux merveilleux, de parures uniques.

Elle savait utiliser les bijoux, autant que ses fourrures, ce qui, si elle ne portait qu'un fourreau noir, soulignait sa minceur, lui permettant d'affirmer à la fois qu'elle était femme et la diva…

Mais tout aussi réussie que fût sa toilette, elle était surpassée par ce qui était son ornement suprême, ce qu'aucune parure ne pouvait égaler : ses vastes yeux sombres. Ces lacs noirs soulignés de noir qui ne souriaient jamais.

XVII

On s'est beaucoup complu – livres, magazines – à raconter, parfois par le menu, la première croisière de Maria Callas sur le *Christina*, le yacht d'Onassis qui allait devenir le lieu préféré, pour ne pas dire sacré, de ses amours avec l'armateur.

Reste que cette traversée estivale, on ne peut que se la représenter, tant il s'y embarqua de fantasmes, en plus des passagers, de rêves, de désespoirs, de craintes, de désillusions, de tromperies aussi.

Et si je puis me permettre une digression, rien ne me paraît plus drôle, au cours de ce voyage « d'agrément », de délassement, que l'aveuglement – à ce qu'on en a dit – de Winston Churchill et de son épouse éprise de respectabilité, qui ne soupçonnèrent rien de ce qui se tramait sous leurs yeux.

Le grand homme d'État, le chef de guerre qui avait mené à bien tant d'opérations prestigieuses et secrètes, comme le débarquement, ne distingua pas, à travers les vapeurs de son cigare et de sa boisson favorite, que son hôte s'était lancé dans une « attaque » ; laquelle, si elle n'avait pas, loin de là, les proportions de la Seconde Guerre mondiale, allait devenir (presque) aussi célèbre… Du moins dans l'esprit des paparazzi du monde occidental et de leur public : il s'agit de la conquête de la Callas.

Maria Callas et son réticent de mari, Battista Meneghini, avaient donc embarqué à Monaco sur le luxueux bateau de plaisance, où ils avaient retrouvé les Churchill et quelques autres invités accueillis par leurs hôtes, Aristote Onassis et sa femme Tina.

D'après les rumeurs, Tina, qui ne s'entendait plus bien avec son « vieux » mari et avait pris un jeune amant, le play-boy Reinaldo Herrara, songeait à une séparation, sinon à un divorce. Toutefois elle était bel et bien là, à s'occuper avec grâce des arrivants.

Dans *Le Partage de midi*, l'émouvante et poétique pièce de théâtre de Paul Claudel dont l'intrigue se déroule entièrement au cours d'une traversée maritime, on prend conscience qu'une navigation, courte ou longue, fonctionne inévitablement comme un « huis clos ». Pas question de s'échapper, de s'esquiver, on peut seulement se dissimuler, si le navire possède suffisamment de recoins… Ce que tentent avec plus ou moins de succès les passagers clandestins.

Ce qui était clandestin, sur le *Christina*, c'était l'amour qui commençait d'éclore entre Maria et Onassis. Plus tard, Maria déclara qu'entre le Grec et elle ç'avait été comme une fusion immédiate, un coup de foudre sans recours, quelque chose d'inévitable, de fatal, dont ils n'étaient pas responsables…

Certains de leurs proches déclarèrent également que la complicité qui s'établit presque immédiatement entre cet homme et cette femme sautait aux yeux et ne pouvait être mise en doute : ensemble ils exultaient. Tout le monde, eux les premiers, allait être obligé de s'incliner devant un état de choses si puissant, si violent, qu'il échappait aux lois qu'on voulait leur opposer, de bienséance, de fidélité… Le « ça ne se fait pas » de l'opinion était réduit en poussière devant la réalité : cela se fait puisque cela est !

Un service nombreux, impeccable, une nourriture adaptée à toutes les exigences, des monceaux de fleurs, du superflu, de quoi se croire sur un plateau de cinéma, mais ce n'était pas du faux-semblant. C'était en un tel lieu, celui du luxe richissime et tape-à-l'œil, en fait hors du monde du commun des mortels, que Maria pouvait se donner à son premier grand rôle d'amoureuse, s'en convaincre et le réussir.

Des vacances de star ? Des vacances de la raison, oui…

Tant de scènes fantaisistes, parfois exquises,

amusantes, outrées, ont dû avoir lieu qui auraient enchanté un scénariste s'il avait pu les tourner... À commencer par les approches de plus en plus pressantes du maître de maison à l'égard de la diva jusqu'aux nuits à la belle étoile, sur les deux transats installés côte à côte sur le pont... Les autres dormaient, ou cuvaient leur mal de mer dans leurs cabines... Les futurs amants avaient réussi à être seuls en se parlant en grec, évoquant leur enfance, leur fabuleux destin, des trajectoires comparables qui maintenant, au sommet de la réussite, leur permettaient de se comprendre...

De plus en plus émerveillée, et de ce fait amoureuse, Maria découvrait dans ce petit homme un partenaire à sa taille, quelqu'un avec qui elle pouvait donner sa pleine mesure, celle qu'une femme ne libère que lorsqu'elle se trouve enfin en présence de l'homme qu'il lui faut. Celui dont elle sait d'emblée qu'il est le sien. Car si Onassis la courtisait depuis un bon moment, il fallait encore que Maria l'accepte – et elle s'était défendue de lui jusque-là, jusqu'à l'enchantement de la croisière qui agissait sur elle comme le philtre de Tristan et d'Isolde.

Il faut dire aussi que ce qui rendit encore plus spectaculaire cette foudroyante passion, c'est qu'elle avait pour interprètes deux formidables « acteurs ».

D'un côté Maria Callas, dont le sens de la dramaturgie n'avait plus à être prouvé – le critique

Bernard Dort a écrit qu'elle « engendrait » l'œuvre qu'elle jouait, l'habitant, la vivant à l'extrême… Quant à Aristote Onassis, il n'était pas sans capacités non plus lorsqu'il endossait un rôle. La façon dont il racontait son enfance, en s'attribuant chaque fois des exploits mi-véridiques mi-inventés, en fait en recomposant son histoire pour faire le plus d'effet possible sur ses interlocuteurs, dénotait également un grand talent d'interprète.

On peut donc concevoir que Maria s'est embarquée, sur le *Christina*, dans un opéra dont elle était l'auteur en même temps que l'interprète, avant d'en devenir, comme il est d'usage, la victime…

A-t-elle d'ailleurs pensé, en s'abandonnant ainsi à un amour sans mesure, aux grandes héroïnes qu'elle a incarnées, Tosca, Médée, Norma – toutes celles qui ont transgressé des interdits par amour, ce qu'elle est en train de faire ? Mais cette fois, la diva ne se contente pas de jouer un rôle, elle le crée… Ses mots, ses attitudes, elle les tire du plus profond d'elle-même… Et ce n'est pas sa voix, c'est son cœur qui chante…

Tout s'y prêtait, à commencer par le cadre. On a souvent décrit la somptuosité sans pareille de la décoration du *Christina*, les chambres étaient vastes comme des « suites », les robinets des salles d'eau en or, des tableaux de maître ornaient les murs, la rampe de la salle de jeu était en lapis-lazuli, le Ari's Bar – eh oui ! – voué à la pêche au gros, ses tabourets recouverts de prépuces de baleine (personnellement ce « détail » m'aurait fait fuir…).

Même si le *Christina* portait le nom d'une autre femme, Maria pouvait s'imaginer qu'Onassis l'avait conçu et fait construire pour elle : tout concourait, la Méditerranée, l'étoilement du ciel d'été, les senteurs des côtes proches, à diviniser ces instants.

Jamais Maria n'avait eu l'air plus épanouie, plus rayonnante et c'est le mari trompé, bafoué, qui l'a lui-même consigné dans ses Mémoires. Pour ce qui est d'Onassis, on peut penser que la conquête de Maria n'était pour lui, au début, qu'un succès de plus à son actif – ne réussissait-il pas tout ce qu'il entreprenait ?

Il y eut quelques escales, en Italie, en Turquie, en Grèce, la rencontre avec un pope, à Athènes, qui les aurait bénis en tant que couple, levant ainsi, s'il en était besoin, les derniers scrupules de Maria.

Onassis, quelque peu vantard, aurait déclaré que leur première étreinte avait eu lieu sur le bateau, dans un lieu insoupçonnable et d'une certaine façon symbolique : sur l'un des canots de sauvetage arrimés sur le pont. Vu la taille du navire, ces canots-là avaient chacun une cabine dans laquelle il était possible de s'enfermer pour s'isoler…

Ou l'aurait-il entraînée sur une plage écartée,

au cours d'une des escales, comme je l'ai rapporté ?

Quoi qu'il en soit, lorsque Maria descend du navire le 13 août 1959, l'affaire, pour elle, est entendue : il n'y a plus qu'Onassis dans sa vie, son mari n'existe plus, et cela pour toujours. Callas l'extrême est même disposée à renoncer au chant.

Quant à Onassis, peut-être à son corps défendant, il s'est plus ou moins trouvé « pris », piégé par ce qui n'aurait été, au début, qu'un jeu de sa part. Car à peine les Meneghini rentrés chez eux, à Milan, l'armateur fait tout ce qu'il peut, avion, hélicoptère, pour rejoindre Maria, la revoir. Il a même un entretien avec Meneghini, où il tente de le convaincre que les choses étant ce qu'elles sont, le mari n'a plus qu'à s'effacer.

Battista, à qui en prenant Maria on prenait tout, la femme, belle, jeune, célèbre, qu'il aime, mais aussi son riche gagne-pain, se rebiffe, veut lutter, y parvient un temps – pour finalement baisser les armes et se rendre à l'évidence : la croisière sur le *Christina* a été fatale à son mariage.

Les époux se séparent – se partageant leurs caniches – et Maria commence l'existence que tant de femmes vivant l'adultère ont connue : celle de la « maîtresse » qui attend son amant marié... Ils se retrouvent, tantôt ici, tantôt là, accomplissent ensemble un petit voyage, puis un autre, en attendant ce qu'elle souhaite du fond de son cœur et qu'elle croit lui être dû : le mariage.

Onassis, pour son compte, a espéré un temps qu'il allait pouvoir tout garder : sa femme et sa maîtresse… Rêve masculin, macho même. Et puis il y avait ses enfants, qu'il adorait, Alexandre et Christina.

Il n'allait pas y parvenir, car sa femme se servit du prétexte que lui fournissait son aventure désormais publique avec Maria pour le quitter, divorcer. En ayant le beau rôle et l'argent qui va avec.

L'argent, c'était ce qui manquait le moins, d'un côté comme de l'autre, toutefois l'argent n'arrange pas tout. Il a même fait le contraire : huit ans plus tard, la fortune d'Onassis va attirer une autre femme, celle qu'on n'attendait pas, Jackie Kennedy, et par elle, l'argent va tout détruire… Un amour et deux vies.

XVIII

Est-il acceptable de dire que ceux qui ont le mieux compris et soutenu Maria Callas, de son vivant et dans son génie, ce sont les homosexuels ? On sait à quel point sa mère et sa sœur ont trouvé le moyen de la blesser par des exigences qui ne tenaient pas compte de ce qu'elle avait d'exceptionnel.

Et si elle eut, heureusement, des amitiés féminines, dont sa fidèle Bruna, sa cameriste, qui était là lors de son décès, même par ces femmes de qualité elle n'a pas dû se sentir entièrement comprise dans ce qui était son art, son aspiration à renouveler l'opéra, à recréer les œuvres qu'elle abordait.

Ses amies pouvaient l'écouter, la chérir, mais certainement pas – du fait même qu'elles l'aimaient – la pousser dans ses extrêmes, comme elle en avait le désir et le besoin.

Meneghini l'un des premiers eut la perception de ce qu'elle représentait, mais il n'était pas assez artiste pour la suivre jusqu'au bout de son chemin. Ce que « valait » la Callas, il savait seulement le traduire et l'exiger en monnaie sonnante et trébuchante – ce qui n'est pas rien et il faut le saluer pour cela.

Quant à Onassis, il a le mérite de lui avoir donné l'immense joie de se croire aimée pour elle-même, en tant que femme. Et celui de l'avoir mise enceinte. Si leur enfant avait vécu, peut-être aurait-elle reçu de la vie ce qu'elle en attendait – juste retour de ce qu'elle avait si généreusement donné... Un mauvais démon, une malchance, s'y opposa. La négligence de son partenaire aussi : il n'a pas été assez là du temps de sa grossesse, en croisière dans les Caraïbes, et l'on peut concevoir qu'une femme sensible et angoissée comme Maria ait eu bien du mal à porter seule l'enfant de l'homme qu'elle aimait.

Elle n'en pouvait plus au bout de huit mois et se posait des questions : peut-être était-ce de la savoir grosse et déformée qui éloignait son amant ? Elle fit en sorte de se délivrer de l'enfant un peu avant terme, pressée de le voir, de le toucher, ce bébé, afin de se convaincre du miracle : elle avait un enfant, elle était mère... On sait le malheur qui advint : l'enfant mourut dans les heures qui suivirent sa naissance.

Elle en parla peu, par la suite, mais se rendait tous les ans sur la tombe du petit Omero, celle de l'amour qui n'a pas vécu. Croyait-elle y être pour quelque chose, et, telle Médée, avoir frôlé l'infanticide ?

Étrange, fabuleuse similitude entre l'opéra et ce destin de femme. Pour en extraire la quintessence il fallait de sublimes artistes comme il s'en rencontre parfois chez les homosexuels.

Entre ces hommes et ces femmes qu'ils ne consomment pas, ou très peu, ou rarement, mais qu'ils savent regarder comme personne, il existe une furieuse complicité. Elle vient d'un désir inassouvi, et aussi d'une intense curiosité pour le sexe qu'on n'est pas, du besoin de s'en rapprocher jusqu'à n'être plus séparé l'un de l'autre que par l'impossible.

Ces femmes qu'on ne peut pas toucher, ou à peine, ou mal, on les contemple, on les analyse, on les prolonge jusqu'à les propulser sur une orbite que personne n'envisageait pour elles jusqu'à eux.

On sait que c'est Luchino Visconti, l'aristocrate italien, qui sut mettre en scène Maria Callas, à la Scala, en créant pour elle des décors aussi somptueux qu'inspirés. Il devint son ami intime et lui apprit ce qu'elle ne savait pas vraiment jusque-là, à mieux s'habiller, à décorer son intérieur (fini les dorures et les frous-frous), et sur scène à utiliser ses bras, ses mains, pas seulement ses yeux et sa voix...

Visconti, qui alla l'entendre tous les soirs à l'opéra avant d'entreprendre de travailler avec elle, perçut le premier quelle Callas était encore à venir et il a œuvré à la sortir de sa gangue.

Maria tomba amoureuse de son Pygmalion – l'aurait-il autant influencée sinon ? – elle jouissait de se voir à ce point contemplée, complimentée, couverte de fleurs.

Surtout il la propulsa dans un firmament où elle finit par se retrouver seule de son espèce : aucune autre diva n'avait cette aura, cette magie... Visconti avait réussi à faire de Maria la figure la plus apte à incarner la femme aux yeux des homosexuels : une idole.

Ce fut leur double gloire, l'incarnation d'un amour réciproque.

Dans le même ordre d'hommes, il y eut ensuite Pier Paolo Pasolini. Un amour plus noir, plus ténébreux peut-être, du fait que Maria était plus avancée dans une vie qui se désertifiait, au fur et à mesure qu'elle devenait plus grande.

Elle était alors au faîte de sa gloire et il trouva le moyen de lui offrir ce qu'elle n'avait pas encore eu : un espace à sa mesure, le théâtre d'Épidaure en Grèce, pour y exprimer toute la gamme des sentiments qui tempêtaient en elle, et – enfin – un rôle non pas de chanteuse mais d'actrice.

Pasolini, avec Maria, sut se faire entièrement regard, et quel regard : affûté, lucide, câlin et féroce... Les plans succèdent aux plans dans une vérité qui dévoile tous les aspects possibles de la femme, sa tendresse et sa violence, sa douceur et sa cruauté, sa beauté essentielle comme son infinie laideur… Le réalisateur était dans sa démesure – qu'il avait déjà prouvée – et à la hauteur de sa star. On peut dire de sa proie.

Qu'ils furent complice, intimes, plus d'une photo du tournage le prouve. La réalisation de *Médée* fut une expérience extrême pour Maria qui se sentit sans doute plus proche de son « recréateur » qu'elle n'avait pu l'être de personne…

Mais ils n'étaient pas faits pour vivre ensemble, ni désireux de l'entreprendre – chacun reprit son chemin difficile.

Puis Pasolini, comme Visconti, fit à Maria le mauvais coup de mourir avant elle, la laissant encore plus seule, bientôt réduite au sinistre silence de sa voix désormais sans écho.

XIX

Revenons à l'année 1968. Celle que Nicholas Gage, l'auteur de *Onassis et la Callas*, a justement appelé « l'année charnière ». Elle le fut pour moi également : c'est l'année où je suis entrée en analyse avec Serge Leclaire, dans un Paris brouillon, brouillé, qui cherchait sa nouvelle voie – en même temps que moi la mienne ! – au moyen de barricades en tout genre... Privée de nos moyens de transport habituels, c'est à bicyclette que je me rendais à mes rendez-vous, les uns thérapeutiques du côté des Ternes, les autres amoureux au cœur de Saint-Germain-des-Prés.

Dans le reste du monde, de graves événements se précipitaient, assassinat de Martin Luther King, durcissement de la guerre au Vietnam.

Les astres étaient au bouleversement, et bien des vies ont changé à l'époque. Dont celle de Maria Callas.

Depuis 1959, la diva vivait des années somme toute heureuses. Tout lui donnait à penser qu'elle était l'adorée de son Grec bien-aimé Aristote Onassis.

Bien sûr, il la laissait souvent seule car il avait la bougeotte et sa fortune lui permettait de circuler vite et facilement. Il passait de Skorpios – son Éden avec le *Christina* à l'ancre – à l'hôtel Pierre à New York, avec arrêts à Londres, Athènes, Paris où l'attendait son appartement avenue Foch et une nuée de serviteurs.

Pour un homme de sa trempe et de son âge relativement jeune – soixante-quatre ans – c'était un jeu d'enfant que d'être partout à la fois et, du même élan, de courtiser plusieurs femmes dans des lieux différents.

Maria Callas, fidèle par tempérament, s'en doutait et faisait mine de s'en accommoder. En réalité elle ne pouvait faire autrement que fermer les yeux. Même si elle avait repris ses spectacles et la plupart du temps avec succès, à Londres, à Paris elle sentait qu'elle maîtrisait de moins en moins sa voix. L'angoisse qui en résultait n'arrangeait pas les choses et elle tombait souvent malade la veille ou le jour de la représentation...

Toutefois, cette défaillance ne la désespérait pas autant qu'on aurait pu le croire car son ambition intime était autre : devenir l'épouse d'Onassis, lequel était redevenu célibataire. Mais pour cela, il lui fallait elle aussi être divorcée. Meneghini, pour se venger d'avoir été délaissé, lui mettait des bâtons dans les roues. Elle en arriva à devoir renoncer à sa nationalité américaine pour tenter d'obtenir son divorce en tant que Grecque, ce qui serait plus facile.

Maria était convaincue que dès qu'elle se retrouverait libre Onassis « régulariserait ». Car il l'aimait, c'était indéniable, il avait besoin d'elle, elle était son âme sœur, plus encore que sa sœur de sang Artémise, laquelle lui était entièrement dévouée, mais n'aimait pas Maria. Les deux femmes s'étaient mises en rivalité : chacune se sentant « nécessaire » au grand homme aurait voulu le rôle pour elle seule.

Quant aux aventures, elles pouvaient ne paraître que des amusettes, une façon pour le vieux lion de se prouver qu'il était toujours le meilleur, en affaires comme en conquêtes féminines. Non pas à l'instar de don Juan, il ne les lui fallait pas « toutes », seulement celles qui rajoutaient à son prestige.

Ce fut le cas avec Lee Radziwill, la sœur de Jackie Bouvier Kennedy. Il invita Lee sur son yacht – le terrain qui lui paraissait le plus propice –, lui offrit des bijoux, la couvrit d'attentions et de compliments comme il savait faire lorsqu'il était en chasse… Était-il véritablement séduit par la jolie femme ? En réalité, lui le Grec parvenu était surtout flatté d'avoir une liaison avec la belle-sœur du président des États-Unis.

Lequel, ayant eu vent de la chose, traita Onassis de « pirate international ». Après la mort de son frère et sentant sa belle-sœur à son tour sous influence, Robert Kennedy pour sa part le qualifia de « gredin ».

Mais la dépréciation des hommes n'empêchait pas Onassis de plaire aux femmes. Il savait ne pas être avare de cadeaux, de roses rouges, ni de sa personne : n'était-il pas capable de traverser l'Atlantique juste pour un dîner, un rendez-vous ?

C'est par l'entremise de Lee Radziwill qu'il connut Jackie. Elle venait de perdre un bébé et Onassis l'invita à venir se reposer sur le *Christina*, en compagnie du Président. JFK refusa, enjoignit à sa femme d'en faire autant, mais elle accepta. Alors Onassis demanda à Maria de ne pas être présente…

Maria ne put que se résigner et partir. Le danger, à ses yeux, c'était Lee, pas la First Lady, et puis Onassis usa d'un argument imparable : ils n'étaient pas mariés, sa présence à bord eût fait désordre.

Au fond d'elle-même, la Callas était prête à en convenir : elle avait l'esprit religieux, elle était même conformiste sur le plan social, et il lui fallait être mariée avec Onassis pour se sentir tout à fait chez elle sur le *Christina* et à Skorpios. Alors seulement elle pourrait recevoir ses hôtes en maîtresse de maison. Ce qui ne pouvait manquer d'arriver : son divorce avançait, il lui suffisait d'attendre – sans trop faire de scènes d'ici là et sans s'opposer aux désirs d'Aristote… Une femme qui veut se faire épouser doit savoir se montrer habile, conciliante…

Mais l'Histoire, avec un grand H, se chargea de réduire à néant ses projets et ses légitimes espoirs : J. F. Kennedy fut assassiné le 22 novembre 1963, à Dallas.

Jackie Kennedy était sous le choc, traumatisée, et Onassis ne fit ni une ni deux : il courut à Washington et trouva le moyen de faire partie du très petit nombre d'invités à résider, pendant les funérailles, à la Maison-Blanche.

Il sut se conduire en ami proche, en consolateur : il avait l'usage et le maniement des femmes et laquelle d'entre nous peut jurer qu'elle aurait su lui résister ?

Dès lors Jackie Kennedy se retrouva comblée de messages, d'envois de fleurs, de dîners dans les plus prestigieux restaurants de New York (à l'époque ils ne sortaient jamais en tête à tête), de coups de téléphone de tous les coins du monde, sans doute de déclarations de plus en plus claires, et aussi de promesses et d'autres choses que nous ne savons pas. Cela dura plusieurs années.

« La Veuve », comme on l'appela par la suite dans l'entourage d'Onassis, finit par accepter de retourner sur le *Christina*, cette fois seule ou presque – il y avait Artémise, la sœur – avec Onassis. Le tour était joué, l'affaire dans la poche. Tout l'équipage comprit ce qui se passait, sinon ce qui allait se produire…

Quant à Maria, elle avait bel et bien été congédiée, afin de faire place nette à l'arrivante, à l'invitée-surprise dont l'identité ne lui fut pas tout de suite révélée. Elle ne l'apprit qu'indirectement, une fois chez elle, à Paris.

On dit qu'elle pleura, tempêta, fit ses valises sur-le-champ, après que son amant lui eut dit : « Va passer ton mois d'août à Paris ! » (Ce qui n'était pas encore « tendance »...) On dit même qu'elle partit si précipitamment, avec les deux caniches, qu'elle en oublia dans le coffre du yacht certains de ses bijoux... que l'armateur s'empressa d'offrir à Jackie ! Point de bijoutier dans le coin, n'est-ce pas, or quelques cailloux au petit déjeuner font plaisir aux dames...

Malade, désemparée, on le serait à moins, Maria avala trop de somnifères et c'est alors que son vieil ami, Larry Kelly, lui proposa pour lui changer les idées le fameux voyage dans l'ouest étouffant des États-Unis. De quoi s'enfoncer plus encore dans le chagrin...

Certains jugèrent par la suite qu'elle n'aurait pas dû partir ainsi, en laissant si facilement la place à sa rivale, mais s'incruster, se battre, rester sur les positions qu'elle avait conquises et qui, somme toute, depuis neuf ans, lui appartenaient... Car si Onassis était fiérot d'être parvenu à faire « tomber » l'ex-première dame des États-Unis, il ne voulait pas perdre Maria.

Une fois de plus, comme lors de son mariage

avec Tina, il aurait voulu garder les deux, naviguer entre la femme dont il se savait aimé pardessus tout, sa véritable compagne, et celle qui venait rehausser son prestige : la femme la plus célèbre du monde…

Que Jackie s'intéressât à son argent, il devait en avoir conscience – après tout, on a les atouts qu'on peut et il ne répugnait pas à en jouer. Mais il traînait les pieds quant au mariage ; il n'avait pas tellement envie de s'engager avec cette femme dont il savait qu'elle était follement dépensière, et pas mal conseillée, sur le plan de l'argent, par les meilleurs avocats des États-Unis. Le contrat de mariage ressembla d'ailleurs à une négociation d'affaires, sans merci. Ce fut Jackie qui décida d'aller jusqu'au bout de ce qui n'avait pu être au début qu'une sorte de jeu, de projet – un « Chiche » comme le chante Henri Salvador. C'est elle, l'ex-Première Dame, qui devint l'instigatrice de leur union. Car il lui fallut se dépenser pour convaincre ce qui restait de la famille Kennedy du bien-fondé de ce remariage.

*
* *

Pour ce qui est de la cérémonie, qui eut lieu à Skorpios le 20 octobre 1968, elle met en scène des personnages crispés, n'offrant pas le visage d'un couple heureux. Quant aux quatre enfants,

Alexandre et Christina, John-John et Caroline, ils faisaient une tête… d'enterrement.

Maria, qui s'était enfuie en abandonnant le combat, avait le sentiment que sa vie entière s'effondrait, même si elle prit sur elle pour aller dîner chez Maxim's ce soir-là.

On dit qu'elle eut cette phrase cinglante : « Je donne raison à Mme Kennedy d'avoir voulu donner un grand-père à ses enfants… »

Or ce grand-père là était son enfant à elle, et on venait de le lui prendre.

Elle allait vivre encore neuf ans, continuant à se battre, à chanter, reprenant même un dernier amant, son partenaire de chant, un ténor qu'elle connaissait de longue date, Giuseppe Di Stefano, mais elle n'allait plus être heureuse, jamais.

*
* *

Vu comme ça, on a envie de se dire que Jackie Kennedy était une sacrée garce. Toutefois elle aussi avait ses raisons de femme de chercher un protecteur, d'autant qu'elle craignait désormais pour sa vie et celle de ses enfants. Ne s'acharnait-on pas contre les Kennedy ? De plus, criblée de dettes, elle était au bord de la faillite et pour une femme qui avait été au sommet du monde se retrouver dans la dèche – même relative – était inadmissible. « Tout mais pas ça », dit-on parfois.

Tout, ç'allait être Onassis – mais pas pour longtemps, car ils ne s'aimaient ni l'un ni l'autre. Juste le temps pour lui de réaliser un fantasme d'orgueil et, pour elle, de se reprendre un peu, se rassurer, découvrir qu'elle n'aimait que New York et qu'avec la « dot » qu'allait lui servir Onassis, elle pourrait se permettre une belle vie dans un appartement proche de Central Park. Où elle ferait son jogging.

Pensait-elle parfois à la Callas qu'elle avait en quelque sorte assassinée, pour le moins détrônée ? Jackie était allée l'applaudir autrefois, l'avait beaucoup admirée lorsqu'elle incarnait les héroïnes maudites de l'opéra. Depuis, Jackie avait eu elle aussi de grands malheurs, et les siens étaient vrais, pas seulement chantés. Que la Callas souffre de son côté, n'est-ce pas le sort des femmes, après tout ?

À y réfléchir, je pourrais aussi raconter les miens, de malheurs... Moi aussi j'ai été « vidée » par mon amant d'un lieu où je me croyais chez moi pour toujours, afin qu'il puisse en épouser une autre... Mais je ne raconterai pas cette histoire ici, ne serait-ce que parce que je l'ai déjà écrite...

Et vogue la galère, hissez la voile noire !

XX

Joëlle de Gravelaine, éditeur de la collection *Réponses*, chez Robert Laffont, a été jusqu'à sa disparition, en 1997, l'une de mes plus proches amies.

Que de choses de moi elle m'a fait découvrir, aimer aussi ! Et ce fut un apport capital.

Blonde aux yeux bleus, grande, belle, généreuse comme on ne l'est plus, Joëlle de Gravelaine a publié, entre autres, Bruno Bettelheim, Pierre Solié, Lionelle Issartel, bien d'autres auteurs français et étrangers qui manifestaient dans leurs ouvrages la même passion qu'elle pour le développement de l'être humain, que ce soit par l'éducation, l'introspection, l'analyse, la médecine, éventuellement l'amour.

C'est elle également qui m'a fait connaître Yva Barthélémy, dont elle a publié l'ouvrage dans sa collection, sous le titre évocateur : *La Voix libérée*.

Mais aussi – j'ai envie de dire avant tout – Joëlle de Gravelaine, douée d'une intuition psychologique rare, se consacrait depuis ses dix-sept ans à l'astrologie. Au début, d'une façon quasi clandestine, car dans les années cinquante c'était fort mal vu, considéré comme du charlatanisme, une exploitation des crédulités… Or, connaissant à fond l'art de monter un thème et l'histoire de l'astrologie qui date des premiers millénaires, Joëlle savait se servir de cet « outil » – est-il plus ou moins scientifique que la psychanalyse ? – pour aider son prochain.

L'aider, en particulier, à mieux se connaître et à reconnaître les grands traits de sa propre psychologie, ce qu'il peut y avoir d'inné dans un caractère.

Joëlle de Gravelaine habitait – coïncidence étrange – dans un immeuble appartenant alors à ma propre famille, la famille Chapsal, au coin de l'avenue Georges-Mandel et de la rue de la Pompe, non loin de l'immeuble où allait se désoler Maria Callas. (Coïncidence, là aussi, mais de quoi d'autre notre existence est-elle faite ? Déjà la rencontre des cellules qui vont nous donner vie n'en est-elle pas une ?)

À notre toute première entrevue – et je revois encore l'escalier sans ascenseur, et cette porte du quatrième étage derrière laquelle, dès le coup de sonnette, se profilait un éblouissant sourire –, Joëlle m'a établi mon thème astral. J'étais venue la voir par curiosité et pour en parler dans un magazine – *Marie Claire* – auquel, à l'époque, je donnais parfois des papiers.

Stupéfaction ! Tout ce qu'elle me dit sur moi-même dès ce premier jour au vu de mon thème – Vierge ascendant Vierge, conjonction Mars-Soleil en maison XII, Vénus en Balance – qui, d'après elle, faisait de moi un être « si aimé, si seul », voué au célibat, au manque d'enfant, me caractérisait déjà. Et allait avec le temps se confirmer tout à fait.

À partir de là, je lui fis confiance – sans chercher à élucider si ce qu'elle me disait de moi, année solaire après année solaire, relevait d'une inscription dans les astres ou, je l'ai dit, de son extraordinaire intuition, doublée d'une sensibilité qui ne l'était pas moins.

Si l'on me rétorque : « C'est qu'elle vous a influencée ! » je demanderai comment il se fait que les vingt années de psychanalyse que j'entrepris par la suite, en particulier avec Françoise Dolto, n'ont rien changé à son verdict, ou à sa vue des choses, comme on voudra : je suis toujours celle que Joëlle m'a décrite. (Sauf que j'ai abouti à ce qu'elle me recommandait : j'ai fini par accepter mon destin… Y a-t-il mieux à faire ?)

Mais c'est seulement après sa mort, récemment, que j'ai appris qu'elle avait également reçu la Callas. (Peut-être aussi Bruna, d'après ce qui m'en a été dit.) Secret professionnel oblige et Joëlle ne m'en avait pas parlé.

C'est grâce à sa fille, Frédérique de Gravelaine, que je suis en mesure, aujourd'hui, de publier cette analyse demeurée inédite du thème de Maria Callas, monté et interprété par Joëlle de Gravelaine.

On peut en penser et en croire ce que l'on veut, reste qu'il est émouvant de se dire que ces paroles, accompagnées sans doute de questions et de développements que nous ne pouvons qu'imaginer, Maria Callas les a entendues de la bouche compatissante de Joëlle.

Est-ce alors qu'elle lui aurait recommandé d'aller consulter son amie Yva Barthélémy, puisqu'elle avait, comme moi, bénéficié des leçons de la chanteuse et joui de son amitié ?

Quant aux dernières lignes de ce court texte, je vous laisse l'étonnement de les découvrir – toutefois rappelez-vous en les lisant que Maria Callas est décédée en septembre 1977.

Voyance ? Je dirais plutôt « amour », car être traversé par une vision qui va se révéler juste de l'avenir de quelqu'un demande une grande attention à l'être qui vous fait face et qui – c'est Françoise Dolto qui me l'a dit – porte souvent en lui-même, sans le savoir, le pressentiment de son destin. Au « voyant » de le déchiffrer, s'il en est capable...

*
* *

Après avoir examiné encore les différentes hypothèses horaires, je persiste à croire que la plus conforme à la réalité repose sur 22 h 10.

Cela me paraît mieux répondre à la fois à la structure de votre personnalité et aux événements du passé, à la séparation avec le mari, à la carrière, aux accidents qui ont menacé l'enfance, etc.

La structure de personnalité Sagittaire-Lion donne un grand rayonnement, une nature vitale, projetée sur l'avenir, ayant un grand besoin de dépassement de soi, de l'orgueil, de la fierté, une tendance à se jeter à soi-même des défis, toujours relevés, qui donnent une nature audacieuse, « aventurière » au sens noble du terme, capable d'assumer des risques et se relevant toujours après les batailles, nombreuses, de l'existence.

L'intelligence est ouverte à de vastes conceptions, avec un besoin constant d'élargir son champ de conscience, beaucoup d'intuition et d'audace non conformiste.

Le Dragon conjoint à l'Ascendant montre une personnalité toujours insatisfaite et surtout insatisfaite d'elle-même... mais cela peut aussi bien vous pousser en avant que vous paralyser devant l'action.

La Lune est en Vierge. Elle marque un caractère secret, discret, assez méfiant surtout devant l'amour, un manque de confiance en soi, des inhibitions liées à l'enfance et au rapport affectif désastreux avec la mère.

Toute une part de votre nature aspire à s'extérioriser, et une autre vous enferme en vous-même, dans une secrète timidité et un besoin presque inavoué de sécurité, ceci jouant tout particulièrement sur le plan matériel et provoqué par l'insécurité affective de l'enfance. Le besoin d'attachement au père a été très grand... mais déçu... d'où la méfiance envers l'homme et la recherche d'un père dans un « mari substitut du père ». Le rapport avec le mari étant un rapport « névrotique » ne pouvait déboucher que sur l'échec et la séparation.

Affectivement :

Vénus en Maison 5 donne, en dehors des dons artistiques très profonds (tragédie, théâtre, chant, musique) une nature affectivement stable, vulnérable, absolue, à la fois sceptique devant l'attachement ou la sincérité des autres, entière, seule, avide de tendresse mais trop méfiante pour appeler le don total de l'autre. C'est une Vénus qui a besoin d'être apprivoisée. La vie affective est marquée par des passions durables, profondes mais que vous risquez, par peur de souffrir, de détruire avant qu'elles ne se détruisent toutes seules.

Le carré Vénus-Lune et l'opposition Vénus-Neptune donnent des passions malheureuses. Peut-être faudrait-il associer le travail et l'amour... pour vous contraindre à surmonter vos « paniques » dans ce domaine. La séduction est grande mais il y a chez l'homme quelque chose à *surmonter : une peur de votre force, de ce qu'il sent en vous de trop absolu, d'un peu « fière amazone » malgré votre cœur tendre...*

La volonté est surtout faite d'un extraordinaire acharnement. Pourtant il y a en secret une peur de l'affrontement, de la lutte, un certain refus de la bataille... le cheval se cabre devant l'obstacle... mais saute quand même !

Sur le plan de la santé :

Le Soleil en Sagittaire en Maison 4 donne une hérédité pathologique paternelle. Il y a une certaine fragilité hépatique avec crises possibles de coliques hépatiques très soudaines ; la jaunisse a laissé des traces. Il faut soigner ce foie tout le temps. Possibilité aussi de sciatiques ou de blessures à la cuisse ou à la hanche. Par l'Ascendant Lion les yeux sont fragiles et il faut (Lune Noire carré Neptune) y prendre garde.

Neptune en Lion donne des troubles psychosomatiques, des angoisses nerveuses, des spasmes du plexus solaire – tachycardie nerveuse. Reins à surveiller et surtout intestins. Stérilité ou affection affectant les organes féminins. Frustration sur le plan maternel.

La gorge et les cordes vocales ne sont pas à l'abri de troubles, de perturbations. Une surveillance permanente s'impose. Il y a là une menace à ne pas négliger (Lune Noire en Taureau au carré de Neptune et de l'Ascendant).

Les risques accidentels existent en dehors de l'enfance. Il faut faire attention entre le 5 et le 17 décembre 1969, puis en 1976 surtout, entre le 25 novembre et le 13 décembre, puis en 1977 entre le 25 avril et le 19 juin, puis entre le 13 août et le 30 septembre. Les menaces ensuite sont écartées.

La carrière :

Elle est marquée par la Lune Noire au Milieu du Ciel dans le signe du Taureau, symboliquement lié à la voix, au chant. La Lune Noire représente les destins exceptionnels, les carrières insolites ou les êtres qui incarnent un mythe dans l'inconscient collectif, une certaine image qui favorise l'identification inconsciente de la foule.

Les beaux aspects d'Uranus et de Neptune à la Lune Noire représentent le succès de la carrière, les opportunités fréquentes, soudaines et une sorte de revanche sur l'enfance et sur les échecs affectifs. La vie financière est marquée par une enfance assez difficile ou un besoin de compensation matérielle et de réussite de la vie affective, mais il y a aussi de la chance, l'assurance de gains importants.

Évolution ensuite de la Lune Noire vers le signe des Gémeaux : activité théâtrale.

XXI

Maria considérait sa voix comme un être à part entière, au point qu'elle en parlait parfois à la troisième personne. Elle n'était pas la seule.

C'est que cette voix avait, en quelque sorte, sa vie propre, capable du meilleur comme du pire, faiseuse de caprices – dont on rendait la diva responsable –, de sautes d'humeur, de va-et-vient, jusqu'au black-out de sa disparition.

À croire que Maria en était moins la propriétaire – bien qu'elle fût à elle et à nulle autre – que la dépositaire, la gardienne, et l'utilisatrice…

On peut en dire autant de tout talent, de tout don, qu'il soit pour les beaux-arts ou l'écriture : il est là, puis il n'est plus là alors que celui qui en usait est toujours en vie, mais désormais vidé, stérile, s'évertuant à continuer « sans », dépourvu de ce génie qui était dans sa lampe, et n'y parvenant pas. En fait, redevenu misérable, c'est-à-dire humain, trop humain.

Lorsqu'on est en proie au génie, serait-ce

qu'on est visité par l'Esprit Saint ? À certaines périodes, ou tous les jours, ou quelques années ? La pérennité de la veine créatrice est rare (même Victor Hugo, les tout derniers temps, cessa d'écrire).

Ce qu'il y avait d'impressionnant dans les rapports de Maria avec sa voix, c'est qu'en dépit d'un travail acharné, scrupuleux, répétitif, intelligent, lucide, elle ne la maîtrisait pas totalement. Il y a eu, tragiquement, les jours « sans », mais aussi les défaillances – un raté dans les aigus, une poitrinade trop accentuée, les moments d'aphonie. Ils pèsent peu à côté du reste, de ce qu'elle a donné et donne encore grâce aux enregistrements, ces heures et ces heures de pure magie. Les moments divins où sa voix produisait des sons invraisemblables de force et de beauté. Jamais entendus, de mémoire d'aficionados, jusqu'à elle et depuis.

D'où cet enchantement pouvait-il provenir ? « Elle a touché Dieu », m'a dit – je me le rappelle maintenant – Patrick Dupond, qui a dû, lui aussi, à certains instants miraculeux, se sentir transporté dans les airs, plus haut qu'aucun autre, par une force qui n'était pas seulement la sienne.

En conséquence de ce phénomène – ou de cette grâce – beaucoup de spécialistes du bel canto et de la voix humaine dans tous ses états surveillaient celle de Maria, pour l'étudier, l'analyser, tenter de l'imiter, la critiquer, l'envier, la jalouser.

Le grand public, lui, se posait moins de questions, il adorait, tout simplement, comme on adore ses saints, au point d'en devenir injuste avec d'autres merveilleux chanteurs, mais « normaux », si l'on peut dire, comme la Tebaldi. (Après Maria Callas, la Tebaldi eut du mal à reconquérir la Scala, où le poulailler grondait de ne plus entendre sa Divina.)

Parmi les observateurs les plus admiratifs de la voix de Maria Callas, il y a eu, il y a Yva Barthélémy.

Jeune cantatrice qui promet, la voilà qui sent sa voix se fragiliser en pleine montée de sa carrière. Yva, alors, s'acharne à la reconquérir. (Il n'y a pas que Maria à avoir du « punch ».) Elle réussit en inventant une méthode qui lui fait si bien retrouver son organe abîmé qu'elle décide de renoncer à sa carrière pour se consacrer à l'éducation, à la rééducation des voix défaillantes, à perfectionner les plus performantes et même à en donner à qui croit n'en pas avoir. (J'ai moi-même bénéficié de son enseignement qui a transformé ma voix parlée.)

Il s'agit en fait de la « libérer », cette voix muselée, ou refoulée dès l'enfance, interdite, comme l'indique le titre de son ouvrage *La Voix libérée*.

C'est dans son école tout près de la place de la Bastille que Mme Barthélémy reçoit, depuis plus de trente ans, ce qu'il peut y avoir de plus huppé dans le bel canto et le reste.

Malheureusement, Yva n'a pas pu rencontrer Maria Callas. Elle aurait tellement souhaité lui expliquer tous les fondements de sa recherche, elle le regrette, m'a-t-elle dit, infiniment. D'une façon intuitive, elle sentait que la Diva ne pouvait que comprendre sa technique de renforcement de la musculature de soutien de la voix. Rien que le larynx comporte un nombre énorme de muscles qui concourent tous à l'émission de la voix. Que certains d'entre eux s'affaiblissent et le son n'est plus le même.

Yva Barthélémy serait-elle parvenue à « libérer » ce qui, chez Maria, semblait désormais enchaîné ? Du fait d'un malaise physique, peut-être aussi mental, affectif, que traduisait l'épuisement de sa voix ? Sa « voix tarie » a-t-on dit, comme s'il s'agissait d'une source…

Même si elle ne l'a pas vue en personne, j'ai voulu m'entretenir de la Callas avec Yva Barthélémy, qui parle d'elle à la fois en admiratrice de l'artiste et en professionnelle de la voix. Voici mot à mot ce qu'elle m'a dit, un soir où nous dînions toutes les deux dans un petit restaurant indien non loin de la Bastille, à la lueur de deux bougies dont la flamme brûlait en hommage à l'Absente…

*
* *

Yva Barthélémy. – L'archétype de Maria Callas, c'était Audrey Hepburn. Et tout à coup voilà qu'elle devient comme elle : quelqu'un d'extraordinairement fin, élégant, avec d'immenses yeux soulignés par le même maquillage… Te rends-tu compte du parcours de cet être, pas obèse mais presque, qui perd plus du tiers de son poids en quelques mois et qui, après un tel amaigrissement, garde sa voix ?

– Pourquoi a-t-elle autant et si vite maigri, elle a suivi un régime ?

Y. B. – Peu importent les moyens qu'elle a pris… Mais je pense, et cela n'engage que moi, que Mme Callas était quelqu'un de jusqu'au-boutiste et qu'à un moment donné elle a décidé de devenir aussi belle à voir qu'à entendre… Et elle a fait ce qu'il fallait, avec les risques que cela comportait.

Alors que toute autre chanteuse aurait eu peur, à juste titre, de perdre sa voix, elle y est allée à fond !

De même, lorsqu'elle chantait, elle donnait le sentiment qu'elle allait mourir dans les cinq minutes qui suivaient, tellement elle offrait le meilleur d'elle-même. Oui, c'était l'impression que me procurait Maria Callas : qu'elle chantait pour la dernière fois tant elle se livrait d'une façon totalement inconditionnelle…

Et je pense que lorsqu'elle a décidé de ressembler à l'archétype féminin qu'elle avait en tête, elle n'a pas hésité à s'en donner les moyens même si elle devait en mourir !

Sur les photos, quelle finesse de corps !

– Les magazines s'obstinent à *vous dire que ce n'est pas si mal, pour une femme, d'être enveloppée, que les hommes aiment les grosses, or quand on voit les photos de Maria Callas avant et après, il n'y a pas de doute : c'est plus beau d'être mince, et même maigre !*

Y. B. – Cette femme a tout voulu avec une volonté phénoménale. Elle a voulu la gloire, elle a voulu le beau chant – en fait elle a voulu le beau chant d'abord, la gloire après. Elle a voulu la beauté, l'élégance…

– Elle a voulu Onassis… Et le luxe.

Y. B. – Ce fut la chausse-trape qui se trouve toujours dans la vie d'un mythe. Il n'y a rien à faire : un mythe a toujours une fin de vie absolument tragique… Pour Callas, ce fut sa rencontre avec cet homme. Elle y a perdu sa voix…

– Tu ne penses pas que c'était quand même le résultat de son amaigrissement ? Tous les oto-rhinos et autres spécialistes vous disent que maigrir ne vaut rien aux chanteurs et chanteuses.

Y. B. – C'est normal de dire ça ! Mais moi qui l'ai vue de près sur scène respirer… Tu sais qu'elle chantait toujours avec les mains croisées sur sa poitrine, elle allait complètement chercher la respiration dorsale, à l'arrière. Quand j'ai vu ça, je me suis dit : « Mais cette grande dame a tout compris ! » Parce que la première chose qui vous lâche dans un amaigrissement de chanteuse, c'est le souffle… Or, Maria Callas n'a jamais perdu son souffle. Jamais.

– *Qu'est-ce qu'elle a perdu alors ? Il m'est venu à l'idée que c'était l'envie même de chanter…*

Y. B. – Ça, c'est par rapport à tout ce qui lui est arrivé en même temps. Pourquoi sa voix a-t-elle donné des signes de fatigue ? Il ne faut pas rêver, dès qu'elle a rencontré Onassis elle est entrée dans le régime de la jet-set… Le champagne, les nuits blanches, tout ce qu'une chanteuse ne peut pas supporter… Tant qu'elle était avec un mari comme Meneghini, il ne faisait attention qu'à sa Voix. Cet homme était amoureux de la voix de Maria et il a tout fait pour qu'elle soit dans de bonnes conditions… Et le jour où elle a rencontré cet homme qui quelque part ne la méritait pas ! Je suis désolée, mais elle était trop grande pour lui… Elle a succombé à une attraction…

– *C'était la femme en elle !*

Y. B. – Oui, c'est une femme qui a aimé.

– *Il paraît qu'il avait un charme fou…*

Y. B. – C'est vrai, il approchait les femmes d'une manière extrêmement charmeuse, elle est tombée amoureuse de cet homme, mais sa vie à lui était une vie de réceptions, de rapidité, de voyages supersoniques qu'est la vie de ces personnages qui n'ont finalement rien à préserver !

– *Lui-même est mort relativement tôt...*

Y. B. – Ce sont des vies qui brûlent... Pour Maria ce n'était pas une vie de chanteuse... Je n'ai pas été de son entourage, ce que je regrette infiniment, je ne fais là que te dire ce que je ressens. Intuitivement. Mais le fait que tout à coup il ait préféré Jackie Kennedy à cette femme qui était l'essence même de la sensibilité – il suffit de l'avoir vue et entendue une fois pour le savoir –, qui était la grandeur à l'état pur, la sensibilité à l'état pur, un glaive, et en même temps quelqu'un qui pouvait être très ému, c'est dire ce qu'il a raté ! Non seulement elle a perdu la santé et le goût de vivre au contact de ces gens qui ont trop d'argent, mais en plus, tout d'un coup, d'avoir été ainsi rejetée, en quelque sorte méprisée, elle a eu envie de mourir...

– *Quand, exactement, sa voix a-t-elle commencé à fléchir ?*

Y. B. – Presque dix ans avant sa mort, vers la fin des années soixante... Elle a commencé à éprouver une certaine difficulté...

– *Pour atteindre certaines notes ?*

Y. B. – À mon avis, c'était la fatigue générale d'un instrument de musique dont chaque muscle avait la dimension idéale pour fonctionner sublimement. Soudain, par un travail sans relâche dû à l'intensité de la carrière, cet instrument de musique humain s'affaisse un tout petit peu. Bien peu, mais cela suffit… Quand une grande voix lyrique perd l'énergie, le tonus d'un son, si tu savais à quoi c'est dû…

– *À quoi ?*

Y. B. – C'est là tout l'objet de ma recherche ! Cela vient de ce que le larynx, étant un peu moins soutenu par les muscles suspenseurs, fléchit légèrement. Et tu sais à quoi ça se joue ? À même pas deux millimètres… Et tout d'un coup il n'y a plus la même énergie sonore, il n'y a plus le même tonus. Et quand un chanteur entend qu'il a du mal à faire un son, que c'est difficile, que c'est fatigant à produire, il perd le plaisir… Or le beau chant c'est du plaisir ! Le plaisir d'entendre un son qui sort de toi, qui est sublime et comme sans effort !

– *Tu m'avais dit : « Si j'avais connu la Callas, j'aurais pu l'aider. » Pourtant elle avait demandé une consultation d'astrologie à ton amie Joëlle de Gravelaine, qui était aussi la mienne et qui habitait tout près de chez elle, à l'époque, au coin de l'avenue Georges-Mandel et de la rue de la Pompe.*

J'ai le résultat écrit de sa main de cette consultation et je tiens à le publier car c'est fascinant, Joëlle a en quelque sorte prévu la période de sa mort. Joëlle lui aurait conseillé de venir te voir, et elle ne l'a pas fait ?

Y. B. – C'est vrai, Joëlle lui avait recommandé de me voir, mais elle ne m'a jamais appelée… Comment lui a-t-on présenté par ailleurs mon travail ? On lui a peut-être dit : « Yva fait sortir la langue, elle fait mettre à quatre pattes… » Elle a dû me prendre pour un gourou… Mon livre expliquant toutes les particularités de mon travail n'était pas publié, d'où probablement une certaine méfiance.

– *Dommage…*

Y. B. – Ce que j'aurais aimé lui parler de mon travail, je suis sûre qu'elle aurait compris… Mais elle n'est pas venue, ce n'était pas mon destin…

– *Le sien aussi aurait pu être différent… Tu en as fait travailler de si grandes, avec quel succès… Mais la Callas devait quand même avoir des répétiteurs ? Des professeurs de chant ?*

Y. B. – Arrête… Elle cherchait elle-même ! Mais elle ne pouvait pas tout maîtriser… Quand j'ai appris qu'elle louait le théâtre des Champs-Élysées pour faire des vocalises, parce qu'elle avait remarqué que lorsqu'elle était dans une grande salle sa voix se plaçait, j'ai dit : « Elle est perdue ! »

– *Pourquoi ?*

Y. B. – Parce que pour rattraper une voix comme ça, il faut au contraire travailler avec une douceur extrême, dès que tu mets l'énergie, c'est fini, tu ne peux pas, tu achèves de la fragiliser…

– *Au départ, elle avait une énergie extraordi-*

naire et elle devait penser qu'avec l'effort, elle y arriverait.

Y. B. – Chanter nécessite toujours de faire un effort… Mais Maria Callas chantait avec une aisance exceptionnelle.

– *Un amateur d'opéra m'a dit qu'elle avait une voix étonnamment érotique, dans la mesure même où parfois elle chantait faux. Il a ajouté : « Il y a des artistes lyriques qui chantent admirablement juste, et finalement tu t'embêtes… » Qu'en penses-tu ?*

Y. B. – Je ne m'embête jamais avec quelqu'un qui chante bien, sauf s'il ne croit pas à son personnage. Maria pouvait parfois attaquer un son un peu par en dessous pour donner une expression, mais dire qu'elle ne chantait pas juste m'étonne ! Les derniers temps de sa vie, il y a peut-être eu, c'est vrai, des sons qui étaient un peu bas… Mais que m'importe, l'expression était toujours là, dominante, éblouissante.

De toute façon, elle ne sera jamais comparable à personne, parce qu'elle n'était pas dans un moule qui obéit à quelque chose qu'on lui aurait dicté, elle a toujours obéi à sa pulsion de musicienne, qui, chaque fois qu'elle chantait un opéra, donnait l'impression qu'on entendait celui-ci pour la première fois… Elle avait des intonations non pas réelles mais qui étaient la vérité de ce que le compositeur avait voulu. Elle était la seule à faire ça : à recréer une œuvre telle que le compositeur l'avait peut-être imaginée… Ses accents paroxystiques restituaient l'authenticité.

J'ai un respect et une passion pour elle, une admiration… C'est encore plus que ça… Qu'est-ce que je pourrais dire…

– *Que tu la mets tout à fait* à *part ?*

Y. B. – C'est encore plus important… Ce qui me touche, c'est la vérité de ce qu'un être peut transmettre… Tout n'est que *show* dans la vie… On cherche tous à montrer ci ou ça, elle non… Qu'elle soit cette femme sophistiquée, très bien habillée, avec un petit caniche nain, un chapeau, je n'en ai rien à faire… Mais quand elle chantait, elle était la vérité ! Quelque chose que tu ne peux pas contrer, quelque chose qui t'arrive comme une évidence et tout d'un coup tu reçois sa voix, son interprétation, sa force créatrice…

– *Elle a pourtant eu des adversaires.*

Y. B. – C'est vrai qu'il y a des gens qui peuvent moins aimer sa voix que d'autres. Mais ce n'est pas qu'une question de voix, chez elle c'est quelque chose qui relève de la volonté de vouloir dire la vérité.

Il y en a une qui m'a également bouleversée, c'est Régine Crespin. On lui a rendu un magnifique hommage sur France Musiques ce printemps. J'ai été très émue en apprenant que nous sommes nées le même jour, à la même heure avec des parents dans la même situation, deux sœurs astrologiques, je l'aime. J'aime sa sensibilité, une certaine fragilité. On sentait parfaitement la somptuosité de ses moyens lorsqu'elle était heureuse. Cette plénitude dépendait d'un chef, d'un accompagnateur avec lequel elle aurait eu une relation musicale amoureuse.

Alors que Maria décidait de la manière dont elle avait envie de chanter, qu'elle soit heureuse ou non. Et si un chef ne lui convenait pas, elle l'envoyait dinguer, ce que n'auraient pas pu faire d'autres chanteurs.

Maria était aussi la seule qui faisait chanter véridique, dans le diapason de Verdi, par exemple. Personne d'autre qu'elle n'a jamais obtenu ça, jamais. Elle obligeait les orchestres à se remettre au diapason de Verdi...

– *Qu'a-t-il de spécial ce diapason ?*

Y. B. – Il est aujourd'hui plus haut et la voix n'est plus dans le moule sonore qu'a voulu le compositeur.

– *Est-il vrai, comme on l'a dit, qu'elle avait trois voix, qu'on le sentait au passage de l'une à l'autre ?*

Y. B. – Elle avait une expression vocale qui aurait pu le faire penser... Mais la voix était très bien menée, on ne peut pas parler de « passages ». Je me souviens d'une interview, à la télévision, où elle a dit : « Lorsque je fais des sons graves, très poitrinés, moi je sais que je me fais du mal, mais c'est ce qui déchaîne les passions dans le public. »

– Cela veut dire quoi « très poitriné » ?

Y. B. – Tirés dans la poitrine, c'est formidablement expressif et c'est cela qui provoquait la passion mais c'était une passion suicidaire... Et c'est pourquoi le public devenait fou, parce qu'ils avaient tout le temps l'impression qu'elle allait mourir, qu'elle allait se suicider. Et elle l'a dit : « Je sais que ce que je fais n'est pas bon dans mes graves, mais le public l'aime... »

– C'est terrible qu'il faille aller sur cette voie-là pour se faire aimer du public...

Y. B. – C'est l'art des extrêmes et des passions, il ne faut pas rêver, cela déchaîne l'émotion, c'est l'art de la mort.

– Il est vrai que presque tous les opéras se terminent mal, en tout cas pour les femmes... mais elle a eu cette chance d'avoir et de goûter la gloire de son vivant, contrairement à certains écrivains, certains peintres...

Y. B. – J'ai un enregistrement de la *Traviata* qu'elle a fait à ses débuts, comment elle chante ! C'est inimaginable... Ils l'ont peut-être repiqué en CD.

– Il paraît qu'il y a un disque, un concert qu'elle aurait donné à Mexico, où elle termine sur une note, un mi, *qui surpasse tout le reste des chanteurs et de l'orchestre...*

Y. B. – Ses résonateurs ! Tout à coup elle prenait un son, et on avait l'impression qu'elle chantait dans une trompe. À elle seule, elle était un orchestre. Sa voix était une alchimie révélatrice de ses puissances intérieures. C'était son monde qu'elle offrait dans son chant. Il y a un avant et un après Callas. Elle a laissé une trace fondamentale dans l'histoire de l'opéra.

À sa mort, Yves Saint Laurent a dit : « Les Dieux s'ennuyaient, ils ont rappelé leur Voix. »

XXII

Si donner des chiffres, s'intéresser aux records, – manie contemporaine – n'avance guère, cela peut néanmoins fixer les idées. Permettre de mesurer – surtout si l'on est du métier – l'ampleur de la performance.

Maria Callas a tenu le rôle-titre de quarante opéras différents, autrement dit il lui a fallu mémoriser quarante grands rôles, paroles et musique. Quarante états d'âme différents à endosser, parfois deux, trois dans la même semaine. Imagine-t-on un acteur jouant Feydeau, Racine, Shakespeare en alternance rapprochée ? La Callas s'y est affrontée, dans les années cinquante, et l'a réussi.

Quelques-uns de ces rôles étaient ses rôles fétiches : ceux que lui réclamaient constamment les plus grands opéras du monde, car c'était aussi les favoris du public. Ainsi elle aurait joué et chanté quatre-vingt-quatre fois Norma, cinquante-huit fois la Traviata, quarante-trois fois la Tosca, trente et une fois Médée, autant Aïda…

Cette imprégnation n'a pas été sans conséquence sur sa façon de se comporter hors la scène et, fût-ce inconsciemment, d'envisager la vie : un enfer de désolation pour les femmes…

Ce n'est pas moi qui l'ai remarqué, c'est Catherine Clément, normalienne, agrégée de philosophie, écrivain reconnu, qui a entrepris, cas par cas, l'étude de ce que convoient d'une manière impérieuse et répétitive les livrets d'opéra. Cela donna un beau livre, aujourd'hui épuisé, *L'Opéra ou la défaite des femmes*, inspiré à la fois par l'amour du bel canto, sa tendresse pour les femmes et étayé par l'indignation du sort qui leur est réservé à la scène comme ailleurs.

Prenant en compte une cinquantaine d'œuvres, l'auteur nous fait toucher du doigt le fait troublant que chacun de ces « grands airs » – sauf un ou deux – se termine par la mort de l'héroïne, suicide, assassinat.

Ce qui autorise à dire que toute sa vie de chanteuse, depuis ses seize ans, Maria a interprété, en y mettant l'intensité de vérité qui la caractérisait, sa propre condamnation à mort.

On rapporte qu'au cours du tournage de *Médée*, en Grèce, pendant l'été 1969, une gitane consultée et qui se refusait à lui prédire sa destinée, finit par lui lâcher : « Vous mourrez jeune et vous ne souffrirez pas… » Ce qui frappa beaucoup Maria. Reste qu'elle avait déjà vécu par avance des centaines de fois sa propre agonie.

Mort artistique, en grand costume, mort publique, mort applaudie, avec rappels : « Encore, s'il vous plaît, encore, mourez encore une fois pour nous – devant nous ! »

Dalida chantait qu'elle voulait mourir en scène, Molière l'a fait, Maria l'a mimé à la perfection…

Et lorsqu'elle a cessé de chanter, à partir de son dernier récital donné au Japon, en 1976, recluse, elle passait sans cesse ses grands enregistrements sur son électrophone, s'écoutant mourir… Cruauté infinie que cette répétition de ce qui ne pouvait manquer d'advenir.

Mais lorsqu'elle est morte « pour de vrai », comme disent les enfants, il semble, d'après le témoignage de Bruna Lupoli, sa camériste, qu'elle ne se soit pas vue partir : se sentant mieux, après une faiblesse, elle s'est levée pour aller dans sa salle de bains, la pièce de son appartement qu'elle affectionnait particulièrement, puis s'y est effondrée. On peut espérer qu'elle éprouva comme un malaise, l'un de ces évanouissements dont elle était coutumière – elle souffrait d'une tension par moments très basse – et serait alors partie sans cri, sans bruit, sans « tambour ni trompette »… Et sans applaudissements, cette fois.

Pour approcher au plus près les images qui ont fait et défait Maria Callas, il est bon, à la suite de Catherine Clément, d'évoquer quelques-uns des grands rôles où dès l'ouverture la mort est annoncée. C'est le rôle des ouvertures, dans un opéra, que de présenter, en raccourci, les épisodes à venir. Pour les avoir résumés un à un, Catherine Clément finit par écrire : « Chanter l'opéra, c'est vouloir mourir. »

Norma fut l'un des rôles favoris de Maria Callas. À chaque représentation elle le vivait jusqu'au bout de ses fibres. Or c'est un drame... Quand l'opéra (Bellini) commence, Norma est déjà dans une position périlleuse : prêtresse, elle a failli à son état en aimant Pollione, proconsul romain, qui lui a fait deux enfants clandestins. Toutefois, leur liaison pourrait se poursuivre en secret mais Pollione tombe amoureux d'une autre prêtresse, plus jeune, Adalgisa. Norma entend se venger : elle déclare publiquement qu'une prêtresse a trahi sa condition et doit être punie. Mais au dernier moment, alors que Pollione craint pour Adalgisa, c'est elle-même, femme vieillissante et abandonnée, que Norma dénonce comme étant la coupable. Elle est condamnée à monter sur le bûcher, comme il est d'usage pour les prêtresses qui ont trahi leur serment.

Peut-on prétendre que la Callas, prêtresse du chant, a trahi son art en s'attachant à Onassis ? Mais poursuivons.

Une cantatrice, a écrit Aragon, c'est une femme « au minuit d'elle-même », qui reste prisonnière de son rond de lumière, et c'est particulièrement vrai pour la Tosca, dont la profession est de chanter. Elle semble heureuse avec Mario, jeune peintre, lorsque celui-ci se compromet en voulant cacher et sauver un révolutionnaire. Il est arrêté et la Tosca tente de le sauver en promettant de se donner à Scarpia, le chef de la police, qui la désire… Mais au moment de s'exécuter, Tosca poignarde Scarpia, puis s'enfuit avec le sauf-conduit signé du policier qui va lui permettre, croit-elle, de s'évader avec son amant. En fait on fusille Mario sous ses yeux et la Tosca, désespérée, se jette du haut des murs du château Saint-Ange. «*J'ai vécu d'art, j'ai vécu d'amour*», s'écrie-t-elle.

Un cri que la Callas aurait pu reprendre à son compte.

Pour ce qui est de Mme Butterfly (Puccini), la geisha japonaise est séduite par un jeune officier américain, Pinkerton qui, prétendant l'aimer, se prête à un faux mariage, lui fait un enfant puis repart pour les États-Unis en promettant de revenir… Effectivement, le revoilà, mais marié, et pour de bon cette fois, avec une Américaine. Alors la douce Mme Butterfly, désespérée, déshonorée aussi, confie à celle-ci leur enfant avant de se faire hara-kiri…

« J'aime les femmes, a dit Maria, qui vont jusqu'au bout de leur passion. »

À laquelle pensait-elle ? À toutes, peut-être, car voici Carmen (Bizet), la belle et légère cigarière de Séville. Elle prend la vie comme elle vient, du moins au début. Après s'être donnée à José, un jeune policier, elle tombe amoureuse d'un torero et rejette son premier amant qui, de dépit et de jalousie, va la poignarder.

Triste fin pour une amoureuse que ne rachète pas l'histoire d'Isolde, l'amante de Tristan. Elle était promise au roi Marc, bien plus vieux qu'elle, et c'est à lui que Tristan, son neveu, est chargé de la ramener en bateau. Au cours de la traversée, les deux jeunes gens s'éprennent éperdument l'un de l'autre et quand le roi Marc s'en aperçoit, trompé, indigné, il supprime Tristan. Il ne reste plus à Isolde qu'à mourir d'amour sur le corps de celui qu'elle aimait plus que la vie.

La prenante musique de Wagner, accompagnant la mort d'Isolde et dont les accents promettent la réunion éternelle avec l'aimé perdu, nous a tous emportés sur ses vagues. Car lequel d'entre nous n'a pas souffert de cette misère : l'amour perdu… Maria, elle aussi, à sa façon, allait la connaître.

Triste destin également que celui de la Traviata – en italien, *traviata* signifie « dévoyée ». Violetta, une jeune et belle courtisane richement entretenue, tombe amoureuse d'un fils de famille, Alfredo. Il l'aime, voudrait la sauver de son état et pour cela l'épouser. Mais le père de famille veille et va s'interposer. Jouant sur les nobles sentiments de Violetta la courtisane – par ailleurs malade – il lui enjoint de rompre avec Alfredo afin que celui-ci puisse faire un mariage digne de son rang social. Violetta accepte, rejette le jeune homme en prétextant qu'elle est incapable de fidélité. De dépit, celui-ci se marie avec une autre… En réalité Violetta, qui s'est sacrifiée par amour, ne va pas supporter d'être séparée d'Alfredo. Sa maladie s'aggrave, elle meurt.

Comment ne pas se rappeler que Maria aussi a vu l'homme qu'elle aimait en épouser une autre, et qu'elle a souffert « à mort », comme Mme Butterfly, comme Violetta ?

Quant à la Somnambule (Bellini), elle s'appelle Amina, jeune Suisse qui s'apprête à épouser l'homme qu'elle aime, Elviro. Mais si tout se passait au mieux, il n'y aurait pas d'opéra et un malentendu les sépare : Amina, sous l'empire d'une crise de somnambulisme, se rend une nuit dans la chambre d'un autre homme… Se croyant trahi, Elviro rompt. Amina va-t-elle en mourir ? Non, pour une fois l'opéra consent à lâcher sa proie : Amina a de nouveau une crise, publiquement cette fois, et Elviro, convaincu de son innocence, revient vers elle.

Le sort de Desdémone, la blanche épousée du sombre Otello, est terriblement cruel. Elle aime son mari, mais Iago, jaloux, fait croire au Maure, par un stratagème, que sa femme le trompe. Pris d'une fureur aveugle, Otello étrangle Desdémone.

Pour ce qui est de Médée, son histoire est peut-être la plus funeste : Médée aime Jason, dont elle a deux enfants. Apprenant qu'il la trahit avec, là aussi, une jeune femme, elle se prépare, pour le punir, à tuer ses propres enfants. Elle disparaîtra dans les flammes et la fumée de l'écroulement du temple.

« Bon appétit, messieurs ! » a-t-on envie de s'écrier devant ce massacre de femmes, dans des œuvres dont les auteurs comme les compositeurs sont tous, sans exception, des hommes.

Est-ce à dire que les hommes sont épargnés dans l'opéra ? Plusieurs connaissent le même sort que les femmes qu'ils aiment, Tristan, Mario, Otello meurent aussi, mais celles qui sont systématiquement sacrifiées, ce sont leurs amoureuses. « Où sont nos amoureuses, elles sont au tombeau », chantait Gérard de Nerval.

On peut toutefois considérer que du fait même qu'elles sont martyres, ces femmes sont triomphantes comme l'ont été les saintes du temps où être chrétienne, l'affirmer, le soutenir et braver l'autorité était un défi au « religieusement correct ».

Car ce qui est dénoncé, ici, par le comportement des héroïnes, c'est l'ordre régnant, le parti des rois, des bourgeois, en fait des hommes. La femme qui meurt triomphe de ceux qui la maltraitent en niant sa passion. Et du fait qu'elle meurt d'amour ou par amour, cette femme va devenir immortelle, ne fût-ce que dans le cœur et la mémoire de millions et de millions de spectateurs enthousiastes.

En cessant de vivre, Maria Callas aussi – rongée par la double perte de sa passion pour le chant et de sa passion pour un homme – est devenue une immortelle.

XXIII

« Quelle âme est sans défaut ! » La plainte d'Arthur Rimbaud, à la fois si juste et si mélancolique, peut se transposer : « Quelle vie est sans défaut ! » Le temps passant, qui ne déplore, qui ne souffre des occasions perdues, manquées ?

Une fois que la mort a eu changé la vie de Maria Callas en destin, comme l'a exprimé André Malraux, on se dit : « C'est trop bête qu'ayant tant reçu, étant un "miracle" comme a dit d'elle Elisabeth Schwarzkopf, cette femme soit passée à côté du bonheur, du plein épanouissement. »

Épanouie, elle l'a été dans son art, passant avec une aisance phénoménale d'une expression à l'autre. Revoyez, par exemple, l'enregistrement de la *Tosca*, où face à Scarpia, elle déroule seconde par seconde tous les sentiments qui peuvent agiter une âme d'amoureuse. On est ahuri devant une telle performance, sans compter la fascination. La sublime musique de Verdi souligne chaque geste, chaque regard. Regard perdu vers la porte où la police torture son Mario, puis léger sourire quand lui vient l'idée qu'elle va trouver le moyen de le sauver, dégoût devant la cruauté de Scarpia, recul face à son désir d'elle, soudaineté du geste pour le poignarder, effroi devant le meurtre qu'elle vient de commettre, pitié lorsqu'elle dépose les chandeliers et le crucifix sur son corps…

À tout instant la grande tragédienne, comédienne, actrice, a une autre expression de visage, de corps, de bras, d'attitudes, tout devient moyen d'expression, le cou, le port de tête, le jeu avec la traîne de la robe… Pour ce qui est des mains, elles donnent un spectacle à elles seules, avec leurs longs doigts, sans cesse en mouvement, parés d'une unique et lourde bague. Et tout ce temps-là Callas chante.

Ce qui me sidère le plus, à la voir et l'écouter dans ce qu'il nous reste d'elle, des enregistrements, c'est qu'on en arrive à trouver naturel, tout à fait normal, que la vie soit chantée…

Comme si la musique, le chant étaient derrière tout ce que nous vivons, quoiqu'on ne l'entende pas, par manque de perception et la fonction, le génie de Maria Callas a été de nous le rendre audible, le chant du monde, la musique de l'existence.

Pas seulement dans la tragédie, dans tous les genres. Lorsqu'elle interprète Rosine, ce visage sombre et même terrifiant qu'elle peut avoir en jouant Lady Macbeth ou Médée laisse place à celui d'une jeune fille enjouée : pommettes remontées accentuant le sourire et facilitant l'émission des coloratures, yeux étincelants de gaieté. On se trouve devant une autre personne qui nous réjouit, celle-là…

« Il y a parfois, me confie Yva Barthélémy, des rencontres génétiques qui aboutissent à l'engendrement d'un être parfait. C'était le cas pour Maria. Déjà anatomiquement elle possédait au plus haut niveau tout ce qui favorise le chant : la forme du larynx, de la langue, du palais, des caisses de résonance, les possibilités du souffle, mais aussi le cerveau, l'intelligence, l'oreille absolue, le sang-froid…

– Le sang-froid ?

– Il en faut énormément pour se produire seule en scène devant des milliers de spectateurs et attaquer, comme elle le fait, sur une très haute note, sans une hésitation… »

C'est vrai, Maria était « parfaite », un chef-d'œuvre de l'espèce humaine. Et puis il s'est produit quelque chose de déplorable, qui montre bien que les êtres humains ne sont que de passage et en aucun cas infrangibles, intouchables…

Elle a commencé de décliner. Cela nous arrive à tous – à moins d'être foudroyés avant l'âge – mais quand il s'agit d'un chef-d'œuvre, le spectacle de cette démolition est encore plus pathétique.

Entendre défaillir sa voix, à partir d'un certain

moment, à la fin des années cinquante, une voix atteinte d'un vibrato involontaire, ratant les aigus, en somme lui échappant, à elle qui aimait, voulait tout contrôler, était pathétique...

Toutefois, il s'est passé quelque chose d'extrême, là aussi, en fait d'invraisemblable : cet affaiblissement la rendait encore plus touchante, plus efficace encore ! Du moins jusqu'au fiasco final.

Le fait est que les héroïnes qu'elle incarne, Norma, Tosca, Médée, Isolde, Lucie, sont à peu près toutes destinées à mourir et qu'elles en tremblent d'avance dans leur chant du cygne ne nous paraît pas invraisemblable. Cela ajoute même à ce qui a fait l'exception de Maria Callas : la vérité. De son jeu, de son être.

Toutefois, on a le sentiment que dans sa vie personnelle – comme dans la plupart de ces opéras – à tout instant, elle aurait pu être « sauvée ». Qu'il s'est présenté toutes sortes d'occasions : si sa mère l'avait mieux aimée au lieu de perpétuellement chercher à l'exploiter, si son mari l'avait moins torturée en lui refusant le divorce, alors Onassis étant libre aurait pu l'épouser au lieu de s'enticher de Jackie Kennedy, si le président des États-Unis n'avait pas été assassiné, un événement considérable pour le monde entier mais aussi pour

Maria puisqu'il a transformé son épouse en « la Veuve »…

Si Maria avait été moins absolue, moins extrême – « C'est peut-être de l'immodestie de ma part, avait-elle dit à Visconti, mais je n'aime pas les concessions » –, si elle avait accepté de renouer avec Onassis sans attendre qu'il soit divorcé de Jackie – ce qui était en cours avant qu'il meure en mars 1975…

Si un incapable ou un imbécile n'avait pas interverti les câbles des commandes de l'avion que pilotait ce jour-là le fils bien-aimé d'Aristote, il ne se serait pas crashé – plongeant son père dans un désespoir mortel…

Si Maria n'avait pas exigé une césarienne pour sortir plus vite de sa grossesse, le petit Omero aurait peut-être vécu et Onassis aurait pu se consoler auprès d'elle de la mort d'Alexandre, alors son seul fils…

Si tout cela et tant d'autres choses n'étaient pas arrivées, Maria aurait pu continuer une carrière sinon d'artiste lyrique à plein temps, du moins une carrière plus douce, et surtout une vie de femme heureuse, mariée avec l'homme qu'elle s'était choisi…

Je rêve ? Est-ce que cela n'est pas ce que nous faisons pour nos proches, et aussi pour nous-même, est-ce que nous ne cherchons pas, sans arrêt, à changer les circonstances, modifier les événements, pour que tout aille « pour le mieux » ?

Elle était si belle, elle chantait si magnifiquement, on aurait voulu la garder toujours, comme ça, à son sommet, tel un grand oiseau auquel elle ressemble, n'ayant d'autres malheurs que ceux qu'elle interprétait…

C'est le contraire qui s'est passé : cette femme miracle qui a tout voulu, tout conquis, au prix d'un continuel et acharné travail vers la perfection, a finalement tout reperdu. Tout fors l'honneur, comme l'a dit une reine de France à l'intention de son fils.

On ne saurait en dire autant – à quelques exceptions près – de beaucoup de ceux qui ont approché Maria, la poussant vers les extrêmes, du chant et de la vie, en exigeant trop d'elle, en la trompant, l'exploitant, l'abandonnant… Doit-on prendre à la lettre l'une de ses déclarations : « Il n'y a que mes chiens qui ne m'auront jamais trahie » ? Non, Maria, il y a eu quelques autres personnes, heureusement.

Et surtout son large, vaste public, plus fidèle que jamais.

Un public auquel elle a offert l'extrême.

Et auquel elle demande, avec une modestie grandiose, dans l'épilogue de ses *Leçons de chant* : « N'oubliez pas le peu que je vous ai donné. »

Je n'oublie pas, Callas.

Du même auteur :

Un été sans histoire, roman, Mercure de France, 1973 ; Folio, 958.

Je m'amuse et je t'aime, roman, Gallimard, 1976.

Grands Cris dans la nuit du couple, roman, Gallimard, 1976 ; Folio, 1359.

La Jalousie, essai, Fayard, 1977 ; rééd., 1994.

Une femme en exil, récit, Grasset, 1979.

Un homme infidèle, roman, Grasset, 1980 ; Le Livre de Poche, 5773.

Divine Passion, poésie, Grasset, 1981.

Envoyez la petite musique…, essai, Grasset, 1984 ; Le Livre de Poche, « Biblio/essais », 4079.

Un flingue sous les roses, théâtre, Gallimard, 1985.

La Maison de Jade, roman, Grasset, 1986 ; Le Livre de Poche, 6441.

Adieu l'amour, roman, Fayard, 1987 ; Le Livre de Poche, 6523.

Une saison de feuilles, roman, Fayard, 1988 ; Le Livre de Poche, 6792.

Douleur d'août, Grasset, 1988 ; Le Livre de Poche, 6792.

Quelques pas sur la terre, théâtre, Gallimard, 1989.

La Chair de la robe, essai, Fayard, 1989 ; Le Livre de Poche, 6901.

Si aimée, si seule, roman, Fayard, 1990 ; Le Livre de Poche, 6999.

Le Retour du bonheur, essai, Fayard, 1990 ; Le Livre de Poche, 4353.

L'Ami chien, récit, Acropole, 1990 ; Le Livre de Poche, 14913.

On attend les enfants, roman, Fayard, 1991 ; Le Livre de Poche, 9746.

Mère et filles, roman, Fayard, 1992 ; Le Livre de Poche, 9760.

La Femme abandonnée, roman, Fayard, 1992 ; Le Livre de Poche, 3767.

Suzanne et la province, roman, Fayard, 1993 ; Le Livre de Poche, 13624.

Oser écrire, essai, Fayard, 1993.

L'Inondation, récit, Fixot, 1994 ; Le Livre de Poche, 14061.

Ce que m'a appris Françoise Dolto, Fayard, 1994 ; Le Livre de Poche, 14381.

L'Inventaire, roman, Fayard, 1994 ; Le Livre de Poche, 4008.

Une femme heureuse, roman, Fayard, 1995 ; Le Livre de Poche, 4021.

Une soudaine solitude, essai, Fayard, 1995 ; Le Livre de Poche, 14151.

Le Foulard bleu, roman, Fayard, 1996 ; Le Livre de Poche, 14260.

Paroles d'amoureuse, poésie, Fayard, 1996.

Reviens, Simone, suspense, Stock, 1996 ; Le Livre de Poche, 14464.

La Femme en moi, essai, Fayard, 1996 ; Le Livre de Poche, 14507.

Les Amoureux, roman, Fayard, 1997 ; Le Livre de Poche, 14588.

Les amis sont de passage, essai, Fayard, 1997 ; Le Livre de Poche, 14751.

Un bouquet de violettes, suspense, Stock, 1997 ; Le Livre de Poche, 14563.

La Maîtresse de mon mari, roman, Fayard, 1997 ; Le Livre de Poche, 14733.

Un été sans toi, récit, Fayard, 1997 ; Le Livre de Poche, 14670.

Ils l'ont tuée, récit, Stock, 1997 ; Le Livre de Poche, 14488.

Meurtre en thalasso, suspense, Stock, 1998 ; Le Livre de Poche, 14966.

Défense d'aimer, Fayard, 1998 ; Le Livre de Poche, 14814.

Les Plus Belles Lettres d'amour, Albin Michel, 1998.

Théâtre I, En scène pour l'entracte, Fayard, 1998.

Théâtre II, Combien de femmes pour faire un homme ?, Fayard, 1998.

La Mieux Aimée, roman, Fayard, 1998 ; Le Livre de Poche, 14961.

Cet homme est marié, roman, Fayard, 1998 ; Le Livre de Poche, 14870.

Si je vous dis le mot passion…, entretiens, Fayard, 1999.

Trous de mémoire, essai, Fayard, 1999 ; Le Livre de Poche, 15176.

L'Indivision, roman, Fayard, 1999 ; Le Livre de Poche, 15039.

L'Embellisseur, roman, Fayard, 1999 ; Le Livre de Poche, 14984.

Jeu de femme, roman, Fayard, 2000 ; Le Livre de Poche, 15331.

Divine Passion, poésie, Fayard, 2000.

Dans la tempête, roman, Fayard, 2000 ; Le Livre de Poche, 15231.

Nos jours heureux, roman, Fayard, 2000 ; Le Livre de Poche, 15368.

La Maison, récit, Fayard, 2001.

La Femme sans, essai, Fayard, 2001 ; Le Livre de Poche, 15486.

Les Chiffons du rêve, nouvelles, Fayard, 2001 ; Le Livre de Poche, 15553.

Deux femmes en vue, roman, Fayard, 2001 ; Le Livre de Poche, 15421.

L'amour n'a pas de saison, roman, Fayard, 2002 ; Le Livre de Poche, 30120.

Nos enfants si gâtés, roman, Fayard, 2002.

Composition réalisée par INTERLIGNE

IMPRIMÉ EN ESPAGNE PAR LIBERDUPLEX
Barcelone
Dépôt légal Édit. : 48533-09/2004
Édition 01
LIBRAIRIE GÉNÉRALE FRANÇAISE - 31, rue de Fleurus - 75006 Paris.
ISBN : 2-253-10961-4

31/0961/8